B杜極短篇故事集
（101～200）

A WORD TO THE WISE (TALES 101~200 IN TRADITIONAL CHINESE CHARACTERS)

B杜

British Library Cataloguing-in-Publication Data. A CIP catalogue record for this book is available from the British Library.

ISBN 978-1-913080-69-3 (ebook)
ISBN 978-1-913080-68-6 (print)

For my Family

（101）

Mateo 不過是到巴塞隆那探望一下女兒及外孫女，回來後就發現自己被鎖在門外。

"喂！你們是誰？我是屋主，命令你們馬上搬離！" Mateo 喊著。

鳩佔鵲巢的人當然充耳不聞，Mateo 只好叫來警察。

"老先生，根據西班牙的法律，如果房子被人佔用超過48小時，報警是沒用的，你只能走法律程序，運氣好的話，也許兩三年後能把房子要回來。"警察說。

聽到這個，Mateo 五雷轟頂，他是退休老人，根本沒有多餘的錢另租房子住。

警察看他可憐，給了他一個聯繫電話，說能快速解決他的難題。

Mateo 打了過去，一名東歐口音的男子要價五千。

"你如何讓屋內的人搬離？" Mateo 問。

"拳頭，懂不懂？"

五千歐元對 Mateo 來說還是太多了，何況屋內還有一名和自己外孫女一般大的小孩，萬一有個閃失，如何是好？

思來想去，Mateo 決定用自己的方式解決。

"一隻老鼠五歐元。" 他對正在附近閒盪的孩子們說。

沒等扔進第十隻，屋內的三口人便落荒而逃。

"現在，一隻老鼠十歐元。" Mateo 微笑著說。

孩子們歡呼一聲，紛紛跑進屋內……

（102）

等待了兩年，馮家種植的百香果樹終於結果，藤蔓目測有五米長，部分延伸到鄰居董家。可氣的是，落在董家的果實又圓又大，馮家的卻是一副營養不良的樣子。

馮家也曾想過把出牆的藤蔓往回拉，可惜那些藤蔓牢牢抓住兩家的圍欄，白白便宜了不出一分力的董家。

思前想後，馮家決定將"背叛"的藤蔓一刀切，接著移木，然而"搬家"後的百香果樹卻再也沒結一次果。

對於馮家而言，這個結局顯然不令人滿意，但與其"為人作嫁"，他們寧願"損人不利己"。

（103）

新加坡四季如夏，導遊小陳邊介紹景點邊用紙巾拭汗。

"對了，自由活動前再提醒你們一句，千萬別亂扔垃圾，這裏的最高罰款能達到2000新元。"說完，小陳急匆匆走了。

團員小王認為事有蹊蹺，莫非還有其他好玩的地方，導遊獨自去了？

想至此，小王尾隨小陳，經過三個街區後，他看到小陳把手裏的紙巾扔進垃圾桶內。

"你......"小陳一轉身，看到團員小王，頗為訝異。

"我……我正想問你垃圾桶在哪裏？哈！原來在這裏，太好了！"

由於小陳死盯著小王，一番天人交戰後，小王把口袋裏的東西扔進垃圾桶內，那包豬肉乾花了他20新元。

（104）

在人類的認知中，女王蜂像神一樣的存在，不僅吃好住好，還不用工作；反觀工蜂，每天忙個不停，包括清理巢房、調製蜜粉、築造巢脾、守衛蜂巢、尋找蜜源、採水……等。

這一天，工蜂集體坐下來開會。

"季節過了，有些雄蜂的交配能力已大不如前。它們若能自覺離開最好，不行的話就行使公權力。"

"這不是什麼大問題，新的一批隨時能替補上，比較麻煩的是生育蜂，最近它的產卵量每下愈況，質量也堪憂。"

“現在就等新的生育蜂孵化出來，一旦成功，就把老生育蜂拖出蜂巢，這是個大工程。”

“誰說不是？”

……

在蜜蜂的認知中，工蜂像神一樣的存在。

 Ｔom 簽下移居 W 星球的同意書後，把手中的資產全換成鳥幣（虛擬貨幣），因為"W星球移民計劃"的執行官兼鳥幣發行者 Steven 告訴他，該星球只接受鳥幣作為通行貨幣。

這是一趟有去無回的旅程，在和親朋好友告別後，Tom 坐上宇宙飛船，同行的還有另外四位富豪。

W星球距離地球約六光年，不出意外的話，六年後飛船將抵達目的地，只是 Steven "忘了"告訴乘客，地球人目前還造不出光速飛行器，這艘飛船的實際速度是每小時八千公里。

噢！對了，在送走五位富豪之後，現在的 Steven 已經是地球首富。

Diane 聽到女兒喊媽媽的聲音，她一抬頭，牆上掛鐘顯示下午 3:45，果然一分不差。

她走過去開門，Emma 立即衝入她懷裏，興奮地喊著：" 媽咪，今天拼寫我得了滿分。"

" 真棒！想喝巧克力奶嗎？" Diane 問。

" 想。"

於是她把女兒帶到餐桌，那裏已經有泡好的巧克力奶……

“醫生，你看我媽的病情是不是越來越嚴重了？每天下午固定3:45分去開門，嘴巴唸唸有詞，接著坐在餐桌前，桌上總有一杯事先泡好的巧克力奶。”Emma 問。

“看來妳母親已經進入阿爾茨海默症的中晚期，時空產生混亂，開始出現幻覺和幻聽，妳要有心理準備。”醫生停頓了一下，“對了，妳的家人之中，誰喜歡喝巧克力奶？”

“……我。”

送走了醫生，Emma 走向母親，她仍對著空氣說話。

Emma 端起桌上已經冷掉了的巧克力奶，一飲而盡。

母親憤而起身，甩給她一巴掌，問：“妳是誰？為什麼喝掉我女兒的巧克力奶？”

Emma 捂住臉頰，內心委屈不已。

雨一走出家門就看到詩人站在鳳凰樹下，那樣子看起來令人心碎。

“我為妳寫了一首詩，就刊登在今天的報紙上，我唸給妳聽。”

當詩人唸完那蕩氣迴腸的愛情詩時，筱雨已經淚流滿面，他怎能如此愛自己？

顧不得父母的反對，筱雨執意要嫁給這位只有數面之緣的詩人。

婚後，筱雨的理想生活一點一滴地幻滅了，一個連看到花瓣掉落也要感慨一番的人，內心能有多少真情實意？所以當記者要筱雨以一句話來形容自己的詩人

丈夫時，她一語雙關地答：" 他是一位
大思想家。"

（108）

游敏在誠信拍賣行拍下國畫大師許遠東的畫作《翠堤春曉》，兩年後，國外一家拍賣行聯繫她賣畫。

游敏心想也好，讓他們把畫拿去做鑑定。鑑定的結果出乎意料，她不服，又找來多位專家，答案皆不樂觀。

由於國內拍賣行採"不保真"制度，買主若看走眼，只能自認倒霉。事已至此，游敏只好死馬當活馬醫，經中間人介紹，請許遠東本人做鑑定。

許遠東一看，大為光火，這是贋品無疑。為防偽畫再度流入市場，他提筆寫下：**此畫非我所畫，乃贋品。**

游敏拿著被原畫家蓋章認定的假畫欲哭無淚。

幾天過去後，誠信拍賣行找上她，除了表達遺憾之意外，最主要是遊說她將手中的《翠堤春曉》進行拍賣。

"這幅畫已經被許遠東本人鑑定為假，怎麼可能還賣得出去？"游敏說。

"畫為假，但上面的題字及印章卻是真的，而且被原畫家在假畫上認證的例子前所未有，我們認為潛在買家很快會浮出水面。"工作人員答。

懷著半信半疑的心，游敏把畫交出去。

當好消息傳來時，游敏驚呆了，"假"《翠堤春曉》拍出許遠東個人作品的最高價記錄，這藝術市場真他媽的讓人看不懂！

可卡是一隻家喻戶曉的"尋屍犬"，曾參與過很多刑事案件，任何物品只要接觸過屍體，它都聞得出來。

這一天，警探湯尼帶著可卡來到可疑現場，因為農場主艾迪已經失踪一個多月。

"謝天謝地，你終於來了。"艾迪的妻子遞上一根雪茄，並且將它點燃，"你不知道我有多心急如焚。"

湯尼猛抽一口後，答："這不是來了嗎？"

兩人說話的同時，可卡正在屋子內到處走動，這邊嗅嗅，那邊聞聞，最後竟衝著湯尼狂吠。

"死狗！"湯尼踢它一腳，"我是警探，第一次上這裏來，怎麼可能接觸過屍體？"

農場主的妻子安慰他："莫生氣，狗鼻子偶爾也會失靈。"

由於沒發現有用的線索，湯尼很快帶著狗離開，失踪案件再次了無頭緒。

農場主的父母不放棄，他們在鎮上到處張貼尋人啟事，上面有艾迪的大頭照，他的嘴裏叼著一根雪茄。

（110）

知道自己那個出色的兒子就要從澳大利亞歸國，章老太太忙上忙下，只差把屋子從裏到外全擦拭一遍。

"老章，妳這是幹嘛？怎麼新年未到就開始大掃除？"鄰居問起。

"我打掃是因為兒子要回國了，算一算已經十年未見。"

"就是那個在澳洲開礦的兒子？"

"正是。"

章老太太的兒子95年到坎培拉留學，拿到學士學位後被一家礦產公司僱用，給辦了居留，便堂而皇之地留下來。由於表現突出，他被礦老闆重用，並進一步成為股東。要知道，中國人在外國公司當股東，那可是非常揚眉吐氣的事，章老太太沒少傳播過，現在小區內的居民都知道章家有這麼一位炙手可熱的青年才俊。

到了歸國那一天，小區內站滿望眼欲穿的人潮，大家都想看看外國來的礦老闆長什麼樣（流言傳來傳去，現在章老太太的兒子已經從礦產公司的股東晉升為礦老闆）。

果然和想像中一樣，來者不僅氣場十足，脖子上還戴著一條手指粗的金鏈子，這不就是傳說中有錢人的樣子嗎？

章老太太送走登門打招呼的鄰居，又和很少來往的親戚吃了頓飯，關上房門後，這才終於能坐下來和許久未見的兒子談心。

“這次可以待多久？”她問。

“兩個禮拜。”

“錢夠不夠用？”

“夠。”

“不夠的話，我這裏……”

"媽，我說了，夠用。"

見兒子開始不耐煩，章老太太噤聲了好一會兒，最後還是決定把懸在心口上的話說出來。

"你也三十好幾了，有沒有……"

"沒有。"他很快地答，"哪個華女願意嫁給礦工？白種女人妳又有意見，妳讓我怎麼辦？"

章老太太見過那個女的，紅頭髮，白白胖胖的，臉上還有數不清的雀斑。聽說是做美甲的，怎麼比得上擁有學士學位的兒子？

"是不是……是不是娶了她就能馬上拿到澳洲身份？"她小心地問。

"沒那麼快，但最終能拿到。"

章老太太陷入沈思，這把年紀還得重新拿起課本學 ABC，真要折煞她了！

$$(111)$$

小薇的理想對象是霸道總裁，他可以負天下人，卻永遠不會負她，可惜尋尋覓覓後，她遇到的是一個大渣男（總裁是假的，霸道是真的）。相處兩年下來，她身心受創，是那個叫震華的男人把她從痛苦的深淵裏解救出來，並且給予無微不至的關懷與照顧。

然而一年過後，小薇還是提出分手，震華神情哀傷地問原由。

"和你在一起，我不能呼吸。"她答。

"薇，我不懂，妳能講得再清楚些嗎？"

小薇知道震華是個好男人，但內心深處，她還是想找霸道總裁。

"我討厭你！這夠清楚了吧？！" 說完，她頭也不回地走了。

流言蜚語很快傳開，多是指責她白眼狼。為了自保，小薇不得不詆毀對方，在她的"口誅"下，震華甚至比那個曾讓她身心受創的男人還要糟糕。

這一天，小薇意外碰見許久未見的震華。她深吸一口氣後，假裝無事地繼續前行，就在擦肩而過之時，震華罵道："賤！"

剎那間，小薇喜極而泣，她等的就是這一句。

（112）

伊本赫是個暴君，在他的野心統治下，民不聊生，導致暗殺行動不斷。

阿布因長得像伊本赫，成了暴君公開場合的替身，好幾次與死神擦肩而過。

雖然有替身代勞，但伊本赫偶爾也得親自參與，就在一次與游擊隊首領私下會面之時被擺了一道，目前生死未卜。

阿布的心裏七上八下，如果伊本赫真的喪命，代表他失業了，家裏上有老，下有小，這如何是好？

幾天過去後，參謀長找他講話。談話過後，阿布面如死灰地回家。

"怎麼了？"他的太太問。

"伊本赫死了。"

"這是好事呀！你終於可以從事別的工作，省得我每天提心吊膽的。"

"參謀長要我保守秘密並且繼續工作，直到他想好伊本赫的罪狀以及公開行刑的時間。"

聽完，阿布的太太淚如雨下。

賈桂琳的偵探小說系列已經寫到第15本，她也賺得盆滿缽滿，出版社社長看到她就像看到財神爺，笑得合不攏嘴，但這一天，他卻笑不出來。

"妳的意思是從此改寫科幻小說，而且不使用賈桂琳這個筆名？" 社長問。

"是的。寫了快三十年，我筆下的羅探長也白髮蒼蒼了，是時候停筆。"

"就算不寫偵探小說，妳也可以繼續使用'賈桂琳'這塊金字招牌。"

"放心，即使不用賈桂琳，我也一樣能在短時間內成名，畢竟功力還在。"

兩年後，科幻小說《神乎其神》出版了，作者是問蒼天，一位名不見經傳的新人。

當銷售報告出爐後，社長心急如焚，但仍堆起笑容對賈桂琳說：“看來科幻小說不是妳的強項，要不，再繼續寫偵探小說？”

為了讓自己無後路可退，賈桂琳把最後一本偵探小說給寫死了（書中的主要人物全喪命），這要如何銜接？

社長一聽，彷彿天塌了下來。

考慮再三，這個男人決定在家開個小型派對，邀請文化界的朋友參加。

酒過三巡，有人問起賈桂琳何時出新書？社長“適時”酒後吐真言。沒多久，消息不脛而走，《神乎其神》大賣，出版社不得不連夜加印。

“哎！是金子總會發光。”賈桂琳感歎，然後在自己的新書首頁上簽下“問蒼天就是賈桂琳”八個字。

（114）

百花鎮上出現了一個會法術的騙子，第一個說出真相的是徐大爺，他花了兩千元買入一個假銀元，直到快被家人的唾沫星子給淹死，他才一五一十地道出整個被騙過程。

他一供訴，被騙的人紛紛站隊，承認若不是被騙子的"摸頭術"給害了，絕不會做出傻事。

同一時間，太平洋對岸的佩里斯畫廊也因售出假畫而處於風口浪尖。

"針對這個結果，我深表遺憾與歉意，但我強烈懷疑對方趁我不注意時以真換假，這不代表我的專業鑑賞能力不夠。"鑑定師古奇對記者說。

後來徐大爺被家人原諒，古奇也重回佩里斯畫廊，畢竟他們只是防人之心不夠，不是真的愚蠢。

（115）

山上有座廟，年久失修，已經搖搖欲墜。有一天，一個外地人上山來，經過寺廟時，他祈求自己臥病多年的母親能早日康復，如果實現了，他將斥資修廟。

幾個月後的某天，一卡車一卡車的建材忽然往山上送，當地人一問起，工人便把這個傳奇故事給轉發了。

"奇怪，這座廟已經在山上有幾十年了，怎麼沒聽說過這麼靈驗？"二狗子想著。

懷著半信半疑的心，他上山拜拜，沒多久他的媳婦兒就為他生了個帶把的，足足有九斤重。

這下子炸開鍋了，山下居民紛紛上山祈福。一傳十，十傳百，很快周邊鄰里都知道山上有個很靈驗的廟，這個消息像野火燎原，連海外華人也前來祈求神明保佑。

當山下通往山上的道路修好後，沿途商店也一家緊接著一家地開，讓信徒們在拜拜的同時也能採購一些紀念品及當地特產回家。

你若問起修路者及商店老闆是誰？答案全指向一個叫程俊生的人，他的母親在他三歲時就已過世。

（116）

在醫院裏，小琪看到了母親，她躺在病床上，兩眼無神地看向窗外，手裏拿著一個蘋果。

小琪走過去，喊了一聲：“媽。”

她的母親看見是她，很是激動，抱著她哭了又哭，手裏的蘋果滾落到地上。

“媽，別哭了，別人都在看我們。”小琪說。

她的母親這才停止哭泣，接著問她怎麼現在才來？

“下星期有考試，我想背完英文單詞再過來。”

“小琪，我......”

31

“別說了，”她彎腰拾起地上的蘋果，“我削蘋果給妳吃。”

小琪等母親吃完蘋果才離開。

巡房的院長問起9號病床的病況，護士答：“今天終於開口說話了，但自言自語的，讓人心裏發毛。對了，她還吃了蘋果，所以暫時不用輸營養液。”

“她的女兒……”

“沒搶救過來，否則她也不會在這裏。”

“看好她，別讓她跳樓。”

“知道了。”

小琪走出醫院時，往上看了一眼母親的病房窗口，那個高度和她當時站著的高度幾乎一模一樣。

（117）

很久以前的原始人每天遊山玩水，餓了就狩獵捕魚或採集野果，病了就聽天由命，不用上班上課，也不用煩惱明天。

幾千年後，人們終於成功地把自己禁錮起來，每天在固定的地方重複同樣的動作，這個過程叫做"進化"。

（118）

好不容易得來年假，麗雅報名參加歐洲八國15日遊，把一直心心念念的國家一次看個夠。

當飛機抵達第一站維也納時，麗雅在機場商舖內發現一個巴掌大的蓮花水晶，美得不似人間物。

考慮了幾秒鐘，麗雅決定買下，這給後面的行程帶來不小的麻煩，因為水晶易碎，她不得不時刻小心。

當假期結束，就在行經國內機場商舖時，麗雅赫然發現一模一樣的蓮花水晶。

"仿的總是次。"她冷哼一聲。

（119）

他是離異兩年的黃金單身漢，她是知名度很高的國民妹妹，兩人在一次聚會中天雷勾地火，很快走入婚姻殿堂。

一個在商場上打滾多年的老油條不會不知道婚姻的潛在風險，他早早留了一手，即使國民妹妹想結束婚姻也帶不走他的財產。

當性醜聞爆發後，國民妹妹淚如雨下地問老公："你愛我嗎？"

他當然愛她，除了姣好的面容，他還愛她身上的流量，一個老婆堪比一個廣告團隊，他怎能不愛？

“當然愛妳囉！寶貝兒。只是男人的性與愛是可以分開的，妳得清楚這一點，否則就是自討苦吃。”男人答。

她不想吃苦，所以選擇原諒。

然而幾年過去之後，他們還是分開了，她另擇高枝，他則被列為失信人員，連高鐵也無法乘坐。

現在一提起國民妹妹，群眾腦海裏閃過的除了女性上位史外，還包括渣男落難篇。

“哎！千算萬算沒算到這一步，現在我被釘在恥辱柱上，早知道就打光棍一輩子。”他哀聲嘆氣地說。

（120）

孔子跟順治皇帝講了一個故事，她說：“在南極無人區有個北極熊動物園，那裏的北極熊每胎都能生兩個，於是工作人員耍了個小手段，當公熊生完寶寶，他們會抱走其中一隻。公熊一看數目不對就繼續生，工作人員也持續抱走，到現在那些公熊還生個不停……”

什麼？荒唐至極？哈哈！不過是個故事，你怎麼就當真了？

〔121〕

三隻蟋蟀在比慘。

大嘴蟋蟀說他的嗓子啞了，唱不了歌。

長腿蟋蟀說他的腿瘸了，跳不了舞。

第三隻蟋蟀說：“我唱得了歌，也跳得了舞，但每天活得像個人類。”

大嘴蟋蟀和長腿蟋蟀一致認為第三隻蟋蟀最慘。

陳生從少管所出來不到兩個月又入獄，這次比較糟糕，他殺死了一名流浪漢，即使沒被判死刑，大概也要在牢裏待上大半輩子。

薛醫生從事青少年的心理健康研究已有數十年，在國內小有名氣，他獲得和陳生面談的機會。

"你沒殺對你缺乏關愛的父母，也沒殺看不起你的班主任，更沒殺拒絕復合的前女友，卻偏偏殺一個看似跟你毫無交集的流浪漢，而且連殺數十刀，刀刀致命，你能告訴我為什麼嗎？"薛醫生問。

"我不知道，"陳生停頓了一下，"不知道，不知道……"

離開看守所前，所長對薛醫生說："現在的孩子真難管教，動不動就殺害無辜的第三者。"

"其實他殺掉的是他自己。"薛醫生苦笑著答。

（１２３）

強納生出生時没哭，醫生還多打了兩下屁股，依舊不哭，不禁嘖嘖稱奇。

長大後的強納生依然"堅強"，倒是他的母親經常落淚，因為自己的孩子老是受傷，不是皮開肉綻就是骨折，搞得醫院裏的醫護人員皆認識這個"頑皮"的孩子。

其實不是強納生頑皮，而是他天生缺乏痛感，即使有人生剝他的皮，他的眼睛眨也不眨一下。這個秘密他只告訴一個人，那就是他的初戀女友。

"我這樣打你，"她輕打他的臂膀，"痛不痛。"

“不痛。”

“這樣呢？”她輕吻他的唇。

這是第一次強納生有了觸感以外的感覺。

“不痛，但有觸電的感覺。”他答。

當女友車禍身亡的消息傳來，他在他們初吻的大樹下跪了下來。

“好痛……好痛。”他捂著胸口說。

這次強納生終於感覺到疼痛。

（124）

失業大半年後，劉偉頁終於找到工作，那就是陪老女人網聊。

"想辦法讓她愛上你，然後就能予取予求了。"領導說。

"這不是傳說中的'殺豬盤'嗎？"劉偉頁問。

"富貴險中求聽過没？"領導沈下臉來，"我看你還是走吧！少在這裏鬧事。"

劉偉頁最後還是留了下來，因為再不交房租，房東就要趕人了。

他在網上遇到的第一隻"豬"是個老白領，被他騙走了85萬；第二隻"豬"則是

43

個單親媽媽，據她自己陳述是個重度抑鬱症患者。

劉偉頁本來想以情人的姿態與單親媽媽交往，後來發現她需要的是有人傾聽，於是化身心理治療師。

"有時我真想往窗外一跳，一了百了，問題是放不下兒子。"她說。

時光一下子回到十多年前，當時母親也曾這麼對劉偉頁說。

自從知道母親有輕生的念頭之後，年僅九歲的劉偉頁終日惴惴不安，好害怕會失去最摯愛的人。然而說的次數一多，他也煩了，在一次爭執中，劉偉頁咆哮著："妳怎麼不去死？我希望妳馬上在我眼前消失。"

當晚母親真的跳樓了，劉偉頁成了孤兒。

打從那天起，他就沒睡過一個好覺，誰能想到長期失眠的他也活了這麼多年。

"妳不能跳樓，生命還有很多可能性，千萬別做傻事。"劉偉頁對單親媽媽說。

在他的開導下，這位有心理疾病的女人明顯開朗許多。

領導後來發現劉偉頁的業績太差，讓他趕緊"殺豬"，他不得不向單親媽媽推荐一個"穩賺不賠"的理財產品。

單親媽媽說她不懂這個，要他出來面談。誰知劉偉頁一現身就被逮捕，原來他被釣魚執法了。

"妳就是那位單親媽媽？"劉偉頁問其中一名警察。

"是的。"

她看起來像四、五十歲，如果母親在世，應該也是這個年紀。

當晚劉偉頁被羈押在看守所內，這是打從他害死母親以來第一次睡了一個好覺。

阿寶是個五歲大的男孩，他的父母為了做生意，經常把他關在家裏，雖然有心愛的鹹蛋超人作伴，久而久之也會發狂。有一天，他終於爆發了，把手中的鹹蛋超人砸得稀巴爛。

Peggy是一隻五歲大的虎鯨，海洋公園為了招攬顧客，讓它在一千平米不到的水池內做表演，雖然訓導員對它很好，久而久之也會發狂。有一天，它終於爆發了，把訓導員拖進水池裏撕咬。

三十年過去後，一位有錢的大毒梟（寶爺）買下Peggy，並且連夜將它放回大海。

“啊！自由的滋味真他媽的爽。”大毒梟
迎著海風狂笑不已。

每年的復活節假期，比爾都會飛到芝加哥見前女友，這個慣例已經持續了十九年，今年是最後一年。

"明年起，我們不再見面了。"比爾說。

"好的。"佩妮答。

假期結束後，比爾飛回華盛頓，佩妮飛回西雅圖，如無意外，今生將不會再有交集。

隔年的復活節，比爾照例出門，不過這一次是去探望生病的老友，當晚即回。他没告訴妻子，打算給她一個驚喜。

夜幕低垂，比爾開車回家，發現家門口停了一輛重型機車，上面佈滿了灰塵。

從車牌號看，來自佛羅里達州，離華盛頓約1700公里，連續騎也要騎上十幾個小時……

從車牌號看，來自佛羅里達州，離華盛頓約1700公里，連續騎也要騎上十幾個小時……

（127）

尹莫員像個僧人一樣地活在都市叢林裏，他不爭不搶，連老闆苛扣工資，他也不哼一聲。

這一天，他又没擠上公交車，到公司時已錯過打卡時間，不僅這個月的全勤獎没了，還被扣掉五十元工資。

"老尹，你家是不是有礦？否則這樣東扣西扣的，到手不知還有没有四千。"同事小余問他。

"没礦，不然我也不會租住在郊區，每天六點即起。"

"那麼……"

"實話告訴你，這和我的人生哲學有關。我認為世間所有事都已被安排得好好的，看似錯過或損失，也許只是逃過一劫。"

沒多久，老闆跑路，全勤獎及當月薪水都成了泡影。

當同事們議論紛紛時，尹奠員悶不吭聲地打包東西。由於抱著一個紙箱，他沒能擠上公交車，後來聽說那輛車在下一個街口發生嚴重車禍，死傷好幾人。

沒有了工作，尹奠員每天上網投簡歷。某天，一家公司的人事給他打來電話，要他下星期一上班，試用期每月八千元，提成和獎金另計。

顯然，新公司給的待遇比上一家好，而且工作地點離他的租處只有三站地，他不用太早起，可以多睡一個小時，可是他卻高興不起來。

"哎！"他眉頭深鎖，"世間所有事都已被安排得好好的，看似迎上或得到，也許只是……在劫難逃。"

（128）

艾登15歲時突然想發奮圖強，努力了三年終於考上牙醫系。在國外，牙醫是個挺賺錢的行業，因為不在醫保範圍內。

又努力了幾年，艾登終於拿到行醫執照，以現在的收入論，算是衣食無憂且每月都有結餘。

這一天，艾登的太太又為不長進的兒子煩惱，再這麼下去，恐怕連最差的大學都進不了。

"親愛的，妳要做的不是讓他記多少，而是讓他能容納多少。哪天他想通了，潛力自然爆發出來，不用著急。"他對妻子說。

52

“如果他一直想不通呢？”

“他會想通的。”

當兒子傑伊15歲時，艾登把他叫過來進行“男人與男人間的對話”。

“你的意思是只要努力不超過十年，剩下的日子可以不用再為錢發愁。”

“是的，如果不屬實，你回來找我。”

傑伊後來成為一名刑事律師，和那些從小優秀的孩子比，一點兒也不遜色。

這一天，傑伊的太太又為不長進的兒子煩惱，再這麼下去，恐怕連最差的大學都進不了。

“親愛的……”他對妻子說。

Yann左看右瞧，最後在衣服的胳肢窩處剪了一刀，設計師發出讚歎聲。

說出來你可能不信，Yann的副業就是在衣服的樣品上動手腳，但凡被他"指導"過的都能賣到斷貨，所以各大公司的設計師們無不紛至沓來，只有 Adrien 不以為然，他認為這是譁眾取寵。

然而現實是殘酷的，Adrien 絞盡腦汁所設計出來的東西就是乏人問津，公司已經暗示他要嘛隨波逐流，要嘛打包走人。

考慮再三，他決定服軟，請 Yann 為自己的樣品"畫龍點睛"。

就在那個氣派的辦公室內，Yann盯著樣品好一會兒，最後在衣服上揮了兩下。

“就這？”Adrien驚訝到不行。

“没錯。”

結果那件寶藍色泡泡裙立即成了時下最流行的搶手貨，生產線上的工人不得不連夜加班。

Adrien佩服得五體投地，問 Yann施了什麼魔法？

“哪天你成了這個國家的王儲，做什麼都是對的。”他答。

（130）

段啟華考上北大時，他的父親買來五米長的鞭炮，劈里啪啦的聲音讓整個村子都籠罩在喜慶之中。那幾年，他的家人走路都帶風，段啟華不僅成了全村的驕傲，更是村裏孩子們的學習榜樣，所以當這個天之驕子打算畢業後賣肉夾饃時，掀起了家庭革命。

"如果想賣肉夾饃，何必讀北大？初中畢業……不，文盲也能賣。"他的父親氣鼓鼓地說。

"華仔，你是不是缺錢？媽還有些首飾，賣了可以支持你直到考上公務員為止。"他的母親來軟的。

段啟華想賣肉夾饃非臨時起意，他希望
能把這個中國式漢堡發揚光大，做到媲
美麥當勞，甚至超越，可惜他的家人不
理解。

創業的前幾年，段啟華吃了不少苦頭，
一度因付不出店租，改為推著小車沿街
叫賣。

因他的一意孤行，他的家人走路已經不
帶風。村民的改變也相當及時，他們拿
段啟華當反面教材，告誡孩子們千萬別
學他。

當"華華肉夾饃"獲得億萬元注資且全國
加盟店破百萬家時，段啟華的父親逢人
便說："讀書還是得讀北大，別人開肉
夾饃店只能糊口，北大人開肉夾饃店可
以做到上市，這就是差距。"

現在段啟華的家人走在村子裏像大風刮
過，每個人都流露出傾羨的眼神，像看
一張張行走的鈔票……

（131）

當仲介把公寓鑰匙交給蒂娜時，她感動到落淚，為了湊齊首付，她吃了多少苦、受了多少累，這下子總算是苦盡甘來。

蒂娜的算盤是這麼打的，每月的房貸約五百英鎊，雖然和之前的房租齊平，但好歹三十年後房子是自己的，不用害怕被房東驅趕。

然而人算不如天算，直到被催交物業費，同時收到地租賬單，蒂娜這才發現買房前所認為的"小"支出，現在成了壓垮駱駝的最後一根稻草，因為她……失業了。

“没事，我應該感謝自己還有住的地方，何況我很快會找到工作。”她為自己打氣。

蒂娜的確很快找到工作，但薪水不若以前多，這壞了她的還款計劃，不得不把其中一個房間出租出去以解燃眉之急。

這天下班後，她有一個小時的吃飯時間，緊接著又要到餐廳端盤子。不知怎的，她決定不吃，而是找個地方坐下來反思。

為了一個房子，蒂娜已經拒絕社交五年多，生活用度也降到最低（她甚至曾到烘焙店外的垃圾桶去撿拾被扔掉的隔夜麵包），度假就更別提了，足跡最遠不超過五公里。

“到底是什麼讓我過得這麼累？”她捂著臉嘆息。

從餐廳打工回來後，蒂娜發現租戶又把廚房弄得一團糟，浴室還到處是水印子，這下子她炸開了，決定終止這一切。

幾個月後，有個英國女人在意大利的西西里島上販賣炸魚薯條，每天只賣100份，賣完就收攤，然後到酒吧買醉，不醉不歸……

（132）

誰能想到作家夢菲竟然被自己的粉絲給囚禁起來了。

「是妳，是妳害了我，如果不是被妳的夢幻故事所蠱惑，我不會掉進愛情陷阱裏，這輩子算是栽在妳手裏。」粉絲手持著刀，歇斯底里地哭訴。

夢菲先讓粉絲平靜下來，問清她的遭遇後，表示會寫一篇還原現實生活的短文，也算是彌補自己的過錯。

「好，我給妳三天的時間，如果文章讓我不滿意，我不介意與妳同歸於盡。」粉絲說。

夢菲振筆疾書，以三天的時間完成三萬多字的短篇小說，創下自己的寫作速度

60

記錄。

“寫的什麼東西？！”粉絲憤怒地將草稿紙灑向空中，“連拉屎、放屁、挖鼻孔的事也寫下來，這是什麼破爛故事？”

“洪語，這就是妳要的現實生活。如果我寫的盡是這些瑣事，誰還會有興趣閱讀？就是因為生活不易，所以才需要做夢。”

看粉絲有所猶豫，夢菲乘勝追擊，說：“聽著，只要放我走，一年後我保證改變妳的人生。”

粉絲最後放走夢菲，但仍語帶威脅，如果斗膽敢報警或出爾反爾，絕對讓她生不如死！

一年後，夢菲的新書《昨夜星辰》出版了，據作者言，這本小說是根據真人真事改編。廣大的讀者閱讀過後無不同情書中女主角的遭遇，他們請出版社代為轉達安慰及鼓勵的話語，同時網暴方石韞。

小說出版後兩年，夢菲一直相安無事，直到……

“是妳，是妳害了我，如果不是……”方石韞手持著刀，歇斯底里地哭訴。

（133）

加索爾開著警車在高速公路上巡邏，嘴巴也没閒著，一口一個地吃著堅果。

突然，他發現前方路肩停著可疑車輛，於是減速靠邊。下車前，加索爾不忘抓了一把堅果塞進嘴裏。

没等他接近目標，車內的小伙子打開車門逃逸。加索爾追了上去，及時用手銬拷住他的雙手，然而糟糕的事情發生了，堅果卡在加索爾的喉嚨裏不上不下。

小伙子趁機逃跑，没多久，他又跑回來，在警察的褲兜裏順利找到鑰匙，成功解開手銬。

62

「救……救……救我！」加索爾含糊不清地說著。

考慮了幾秒鐘，小伙子還是施予急救，直至堅果吐出來為止。

加索爾獲救後開始腹痛，他衝進路邊的樹林裏如廁。

「喂！你還要多久？」小伙子等得不耐煩，哈欠連連。

「還要很久很久。」加索爾答。

小伙子突然福至心靈，他跳上車，加速逃逸。

（134）

張千億的父親張百億總告訴他朋友圈的重要性，就拿傳銷來說，都是窮人拉窮人入坑，如果自己身邊沒窮鬼，就不可能惹禍上身……

類似的言論一說再說，張千億已經徹底被洗腦，他要當人上人，和成功人士交朋友，接著攜手共贏。

某天，張百億臉色鐵青地對兒子說："宏興集團的老總設了個局，我一時腦熱，現在錢要不回來了，打官司也遠水救不了近火。"

"什麼意思？"

"意思是咱家破產了。"

張千億的世界驟然倒塌，說好的攜手共贏呢？

現在的張氏父子做起了微商，收取入會費及鼓勵人拉人。沒辦法，如今他們的身邊都是窮鬼。

（135）

一進大學，范直巍就被一個穿白裙子的女生所吸引，所謂的仙氣飄飄也不過如此。

這一天，他鼓足勇氣攔住剛走出教室的小仙女，問能不能加她微信？

"怎麼，你想追我？"小仙女反問。

范直巍漲紅了臉，一句話也說不出來。

小仙女倒很大方，不僅加他微信，還給了手機號，同時約他晚上看電影。

范直巍本來只想嘗試擊球，沒想到球擊出去了，還站上了一壘，直呼好運。

更甚的事還在後頭，看完電影，小仙女拉他到酒店開房，自己的第一次就這麼

交付出去，感覺很不真實（他以為想要
"全壘打"起碼是半年以後的事）。

同學們知道他和小仙女走在一起後，投
來曖昧的眼神。他不以為意，仍然和"女
友"打得火熱，還是學長看不下去，告訴
他王秀影是公共汽車。

"什麼意思？"他問。

"就是人人都可以上的意思。"

剎那間，他感覺天旋地轉。

打從那時候起，范直巍頻繁地洗手，唯
有這樣，他才感覺自己是乾淨的。

"雖然我的手脫皮了，但沒到入院檢查
的程度才是。"范直巍對校醫說。

"手的問題不大，一管軟膏就能解決，
比較嚴重的是王秀影染上艾滋病了。"

范直巍再次感覺天旋地轉。

一個月後，他入院接受治療，倒不是因
為艾滋病。

"最近還感覺骯髒嗎？"心理醫生問。

"嗯！"答完，他又用濕毛巾擦手，一遍
又一遍。

（136）

顏可嵐是個很安靜的女孩，連聲音也是柔柔細細的，讓尤海昌有初戀的感覺。當然，這絕對不是他的初戀，已經出社會近三十年的他，孩子都已經上大學了。

這一天，顏可嵐把卷宗交給尤海昌簽字，後者問她轉正了沒？

"沒，人事說還有兩個月的觀察期。"她答，聲音小得像蚊子在叫。

"兩個月一眨眼就過，好好幹，妳一定能轉正。"

雖然經理講的話不痛不癢，但聽在顏可嵐心裏卻很受用，在這個人情淡薄的公司裏，總算還有一絲溫暖。

然而正是這個偽善的人向她伸出魔爪，更可恨的是為了掩蓋醜聞，他竟然耍小手段讓人事辭了她。

一向柔弱不惹事的顏可嵐第一個想到的是死，但她若死了，愛她的家人會多麼傷心，於是她把跨出窗戶的腳又收了回來。

五年後，尤海昌的兒子第一次帶已經談婚論嫁的女友回家。為了迎接即將進門的兒媳婦，老倆口忙活了半天。

"哇！漂亮漂亮，兒子的眼光就是好，請進。"尤海昌的太太說。

席間，氣氛相當詭異，四個人當中倒有兩人沈默得緊。

送走客人後，尤海昌把兒子單獨叫過來講話，表明不同意這門親事。

"為什麼？"他的兒子問。

"因為……因為她曾經是我的下屬，我知道她的人品很差。"

"你是……尤經理？"

"是……不，不是……"

他的兒子給了他一拳，然後奪門而出。

最後，相愛的兩人還是結婚了，尤海昌找了個"急性腸胃炎"的藉口躲過尷尬。

婚宴結束後，他的太太告訴他，新娘子竟然還有個四歲大的弟弟，沒想到親家會老蚌生珠……

尤海昌頓時五雷轟頂，想死的心都有。

（137）

長澤沙希第一次動了自殺念頭是當奶奶去世時，本來想在葬禮結束後執行，但一想到最疼愛她的奶奶很希望看到她戴上學士帽的樣子，於是決定等拿到畢業證書時再自殺。

很不湊巧，沙希在大三時談戀愛了，男孩說等她一畢業就結婚，這破壞了她的計劃。

考慮再三，她決定等婚姻破裂時再自殺。

婚後，他倆有一段幸福美滿的時光，可惜沙希的老公沒能逃過"七年之癢"，她決定等辦好離婚手續再自殺。

没想到剛恢復單身不久，沙希就在大太陽底下暈倒了，被路人送至醫院，她才知道自己已經懷孕。

“這下子起碼得活到孩子成年才能自殺。”她心想。

現在的沙希已是古稀老人，由於結過三次婚，兒孫能組成一支籃球隊，她決定等第一個曾孫出世時再自殺。

（138）

【**本**人為61歲的獨居男士，住在環京的平層別墅裏，有退休金，無不良嗜好。現徵居家保姆一名，年齡40～60歲，未婚或離異均可，無孩（或孩子歸前夫）。包日常"正常"開銷，無薪，合同每兩年一簽，十年到期可簽終身。簽完終身合同，本人承諾離世後，別墅無條件贈予保姆。】

錢秀枝就是看中最後一項才上門應徵，並且忍氣吞聲地熬過十個年頭，就在簽完終身合同後沒多久，僱主竟然罹癌。

"這別墅我肯定是要賣的，否則沒錢治病。"僱主說。

73

" 那也行，賣了之後，把這十年的薪水給我結一結。"

" 秀枝，除了一紙婚約，我們實際上已是夫妻，一夜夫妻百日恩，懂不？"

" 既然你提起，那麼把陪睡的錢一併付了。"

話不投機，僱主轉身想走，被錢秀枝攔住，並且將罵戰升級……

" 送醫前，患者是否曾情緒激動？" 醫生問錢秀枝。

" 他是足球迷，看到自己支持的球隊輸了就……"

醫生告訴她得有心理準備，患者的高血壓誘發了腦血管破裂，情況很不樂觀。

當醫生宣佈死訊時，錢秀枝涕泗滂沱。

" 真是個忠僕！" 醫生心想。

（139）

尼歐因詐騙罪被判入獄一年，他認為不公，但又能如何？還好一年不算太長，忍一忍就過去了，但獄友們可不這麼氣定神閒，他們有的被判了幾十年。

這一天，他偷聽到獄友計劃五天後製造暴亂，然後趁機逃逸。

他大呼不妙，那天可是他出獄的大日子。

天人交戰許久後，他決定出賣獄友。典獄長聽說後，不動聲色。

"拜託，千萬別說是我說的。"尼歐哀求。

"知道了。"

隔天，尼歐在洗衣房內突發心臟病暴斃
。

監獄依然如期暴動，在這場混亂中，有
2/3的服刑人出逃，但只有大毒梟瑞奇
沒被抓回。

典獄長因這次失職被降級了，但和一千
五百萬比索相比，真不算什麼。

（140）

簡順德替這棟樓的 1808 房做裝修，除了第一期收到款外，其他都遙遙無期。眼看就要完工了，可是屋主仍找藉口推脫，他一氣之下，上到最頂層，打算抽根煙，緩緩自己的情緒。

一推開天台的門，他看到的是毫無遮擋的天空，頓時感覺神清氣爽。

他掏出煙來，然後坐在半人高的圍牆上吞雲吐霧，底下的行人像螞蟻一樣小，匆匆來又匆匆去。

沒多久，他看到"哇嗚哇嗚"的救護車由遠及近，緊接著黃色氣墊也鼓了起來。

"這在搞什麼？"簡順德邊抽煙邊自言自語，這已是他的最後一根煙。

沒等最後一根煙抽完，天台的門被踢開，一群大老爺們帶著欠錢的屋主走了過來。

"兄弟，有事好商量，屋主我給你帶過來了，有什麼訴求，你說！"一個看起來氣場十足的人把屋主往前一推。

簡順德還沒開口，屋主馬上表示給他打錢，現在就打！

"你看看到賬了沒？"屋主堆起笑臉問。

簡順德打開支付寶，果真到賬，於是他動了一下身子。

"喂！兄弟，"氣場十足的人如臨大敵，"錢給了，你怎麼還想不開？是不是還有訴求？"

簡順德壓根兒沒想尋短，他不過是想從牆上下來。

"阿德～"一個女子哭著出現，"我......我還是愛你的。千萬別做傻事，我和阿寬已經斷了，孩子是你的。"

說話的是簡順德的女友阿梅，自從她宣佈懷上了，他一心想著拿到裝修款就回老家籌辦婚禮，怎麼就扯上阿寬？

"已經斷了？"他問。

"嗯！我發誓今後不再和他……和他那個。"阿梅哭得慘兮兮，倒像她才是受害者。

簡順德要求見自己的親弟弟，等了三個多小時，那個畏畏縮縮的男子才出現。

"你和阿梅是怎麼回事？"他質問。

"沒怎麼回事，跟她不是真的。"

話一答完，阿梅揪住阿寬，問他為什麼不是真的？他明明承諾過要永遠愛著她……

簡順德感覺天崩地裂，他用心呵護的弟弟，即使自己餓肚子也要讓他吃好喝好的弟弟竟然會倒打他一把，慘絕人寰也不過如此。

由於在大太陽底下待了很長一段時間，加上深受打擊，簡順德眼前一黑，什麼也記不住了。

從那麼高的地方墜落下來，身體通常會斷開來，這可不，簡順德的大腿就躺在黃色氣墊上。

今天，侯敬辰被兒子的班主任請去喝茶，說有件大事要宣佈，他的心七上八下。

"侯先生，你兒子經專家測試，智商高達180。如果不反對，X大龔教授有一系列的培養計劃，這是光耀門楣的機會，你看……"班主任說。

果然晴天霹靂！

侯敬辰的父親早年是個音樂苗子，打小就住進音樂學院的顧教授家裏，由於長期離家及缺乏同輩間的互動，個性變得非常孤僻，即使後來成家、有了孩子，依舊只顧彈琴，一年365天，倒有300天在外巡迴演出。當掌聲和榮譽如同雪片般飛來時，只有侯敬辰及其母親知道這是犧牲了什麼換來的，如今，他是否要讓歷史重演？

"謝謝龔教授的垂青，但我希望小賢能和其他孩子一樣以正常的速度成長，所以請幫我回絕他。"侯敬辰說。

班主任簡直不敢相信自己的耳朵，怎麼會有如此"眼光短淺"的父親？

"我認為你應該跟太太商量，也許她有不一樣的想法。"班主任建議。

侯敬辰看了一眼手錶，答："不出意外的話，她即將上場和李娜打網球大師賽，小賢已經有五個月沒見到媽媽了。"

（142）

小時候，老師總愛讓小朋友寫《我的志願》，柳葉眉要嘛寫有教無類的老師，要嘛寫懸壺濟世的醫生，總不會出錯，但實際上，她最想做的是當一隻籠子裏的金絲雀，每天衣食無憂，就算失去自由又如何？

潘冬凌聽完好友的心聲，笑不可支地說：" 妳真沒志氣！我不一樣，我要當翱翔藍天的禿鷹。"

現在的潘冬凌從996（早九晚九，每週工作六天）升級到715（每週工作7天，一天工作15個小時），錢包是鼓起了，但沒時間花。

柳葉眉對她說：" 我怎麼覺得妳也被關進籠子裏了？"

潘冬凌冷哼一聲，答："至少我可以選擇什麼樣的籠子。"

當潘冬凌跨過35歲的門檻時，她發現只有破爛不堪的籠子還為她敞開大門……

（143）

沛菡走到窗前，文峰真的還佇立在風雨中，一動也不動。

"快打把傘過去解救他吧！"室友梅芳說。

"不去，讓他長點兒記性。"說完，沛菡重回床上繼續讀簡‧奧斯汀的愛情小說。

梅芳嘆了口氣，拿了把傘下樓去。她的傘是卡通傘，經常被沛菡取笑。

誰也沒料到"物是人非"會來得如此之快，簡直讓人措手不及。

"文峰，你還記得曾為我風裏來雨裏去嗎？你是愛我的，我知道。求求你，別離開我好嗎？"沛菡淚眼婆娑地祈求著，不見平日的趾高氣揚。

文峰無疑愛過沛菡，但她太能作了，把他的耐心全給磨光了。

見文峰去意已堅，沛菡也只能放手，讓時間撫平她的傷口。

這一天，沛菡走到窗前，赫然發現文峰又佇立在風雨中。

"是他，他又回來找我了。"沛菡幾乎要喜極而泣。

此時，樓底下出現一把橙色傘，傘面上的喜羊羊裂開了嘴，像在嘲笑某人。

（144）

白從茂華去醫院探病，在樓道間撿到一個信封後，他終日惴惴不安，原因在於信封內有兩百元和一張紙條，上面寫著：買你陽壽十天。

雖然十天也不是挺多的，但他就是不舒服，總感覺死神就跟在身後。

朋友小周聽完茂華的心事後，給他支了個招，很快，這個城市便信封滿天飛……

（145）

很多畫家在世時窮困潦倒，但荷蘭畫家凡糕不一樣，他的畫作等閒也要好幾百萬法郎一幅。 代理他的作品的是畫商題傲，他是凡糕的弟弟，在巴黎開了一家畫廊。

由於凡糕年少得志，他慷慨地租下一個大房子，讓藝術家們都能無後顧之憂地在此大展拳腳。 然而凡糕實在太難相處，藝術家們先後離去，只剩下膏根一人。

沒想到幾個月後，連這位唯一的“同好”也離他而去。凡糕傷心地割下自己的耳朵，隔年以九百萬法郎的售價售出自畫像《少一隻耳朵的凡糕》。

1890年7月27日，凡糕扔下尚未完成的畫作《樹根》外出。三個小時後，他站在麥田中用手槍對準自己的胸膛，隨之而來的槍聲驚起了麥田中的烏鴉，就是兩個禮拜前曾經出現在他的畫作《麥田群鴉》中的鳥兒……

今天是9月16日星期五，座標：北京。

當老公和孩子們都出門後，宛君把白裙子拿出來燙，她没忘記振宇喜歡看她穿白裙子的模樣。

一個小時後，宛君的白裙子皺了，振宇幫著撫平，然後對她說：“下星期五，我要到上海出差。”

宛君隨即露出失望的表情。

“小傻瓜，”他輕點她的鼻尖，“我還會回來，下下個星期五，咱們不見不散。”

振宇的房間牆壁上有個掛曆，9月16日的位置上寫著“京”。宛君走後，他在京字上打上V的符號，接著指著9月23日，說：" 妳等著哈！"

9月23日的位置上寫著"滬"。

（147）

這是諾福克公爵及其夫人卸下皇室工作的第一天，他成了愛德華，她則成了柏莎。

"房子外肯定又是長槍短炮，真不知道什麼時候才能耳根清靜。"柏莎邊抱怨邊挑選合適的珠寶，她隨時隨地都留意自己的公眾形象。

當他們攜手走出屋外時，面對的是三兩個行人以及偶爾呼嘯而過的車子。

"呵呵！鄉下就是這樣，安靜得很。"愛德華說完，拉著夫人進屋。

少了聚光燈，愛德華很自在，但柏莎不一樣。

"親愛的，妳哪裏不高興？"愛德華問。

"哪裏不高興？如今没人再關注我們了。"

"這就是自由，也是我們一直嚮往的生活，不是嗎？"

很快，柏莎便發現糟糕的事還不止此，現在他們甚至還得自己關車門。（注：皇室成員向來由侍從關車門。）

（148）

二　十歲那年，爾琴認識了同年的廈宇，他是望遠集團總裁的長子，未來企業的接班人，前途一片看好。

雖然爾琴的家世不差，算得上殷實，但仍無法與條件優越的廈宇相提並論。心明眼亮的她往後退一步，以知心朋友的身份常伴廈宇左右，甚至替他的交往對象出謀劃策。

三十四歲那年，廈宇告訴爾琴他累了，身邊的美女來來去去，無非都是為了他的地位和錢，而且往往交往不到半年就讓他產生審美疲勞，現在的他更看重個性……

"你覺得我的個性怎樣？"爾琴問。

"挺好的，否則我們也不會當了十幾年的朋友。"

"那麼……"

廈宇從未想過這個可能性，要求給他三天的時間。

三天後，廈宇問爾琴願不願意盡快有孩子？他的父母抱孫心切。

"當然，我喜歡孩子。"爾琴答。

他們的婚宴辦得風風光光，席開200桌，政商名流都參加了。

餐廳經理已經下了嚴格的封口令，禁止員工評論新娘子那近190斤的身材，有違者，當場開除！

（149）

李明姜自認為是個倒霉鬼，高考差了ｏ.5分，落到了二本大學，害他困在二線城市裏發霉；考研筆試通過了，面試卻被刷下來，那也太背了，不得不馬上投入工作；找工作時本想當個碼農，結果當了銷售，好不容易熬過試用期，正要轉正時，公司破產了。

李明姜仰天吶喊："天哪！還有比我更不幸的人嗎？剛勉強自己當銷售，公司卻破產了，這下子又得另找工作。"

姜明李自認為是個幸運兒，高考差了ｏ.5分，落到了二本大學，讓他得以欣賞江南風光；考研筆試通過了，面試卻被刷下來，那也不壞，早點兒工作也好減輕父母的負擔；找工作時本想當個碼農，結果當了銷售，好不容易熬過試用期，正要轉正時，公司破產了。

姜明李仰天高呼：「天哪！還有比我更幸運的人嗎？不想當銷售，公司適時破產了，這下子可以另找喜歡的工作。」

這一天，李明姜遇到姜明李，前者對後者說：「沒看過比你更矯情的人。」

後者對前者說：「多年不見，你依舊是真性情，難得難得！講一下為什麼來這裏應徵工作。」

李明姜收起防衛的盔甲，正襟危坐地講起已經準備了一個禮拜的腹稿……

大家都說喬治國王淫亂，其實歷史欠他一個公道。

王后生不出男丁，私生子又無法上位，喬治國王不得不以莫須有的罪名將王后送上斷頭台（他也曾想過以軟禁的方式，但王后一天不除名，依舊是王后，他便無法再娶）。

誰能想到娶來的女人依舊生不出男丁，就在迎娶第十五位時，國王私下對她說：「我老了，只要能生出王子，我⋯⋯睜一隻眼閉一隻眼。」

大家都說喬治國王淫亂，但和最後一位王后比⋯⋯其實歷史欠他一個公道。

（151）

Red Block是個世界知名品牌，以致仿品如雨後春筍般湧現，影響到該品牌的信譽和收入，於是老闆決定主動出擊，只要搗毀一家造假工廠，獎勵五十萬歐元。

此令一出，效果非常顯著。看著手中一張張觸目驚心的照片，老闆心想這下子總該治標又治本了吧？！沒想到適得其反，因為那些"黑道大哥們"根本分不清真假，把"造真"工廠也一併砸了，更糟的是連老闆也搞不清楚是不是自己的廠子，付錢倒付得爽快。

（152）

伊麗莎白把車子開進加油站，加的是最好且最貴的油。

等她付費完畢，坐進那輛百萬美元買來的車裏時，一個男人從另一輛破舊的車子裏走出來，氣沖沖地對她豎起中指，同時罵道："婊子！把我給妳的錢吐出來。"

伊麗莎白嚇得腳踩油門而去。

回到家，她把身上灰撲撲的衣服換下，再把假髮扔到一邊，然後坐下來卸妝。卸完妝，鏡子裏呈現的是一張年輕但毫無生氣的臉。

隔天，伊麗莎白換了個地方行乞，即使
有億萬家產傍身，這仍是她最能感受到
被關愛的方式。

（153）

船業大王朱星橋臨終前將所有的財產放進家族基金裏，讓他那個碌碌無為的唯一兒子能夠一輩子衣食無憂。

其實，朱郁飛也想有所作為，奈何魄力不夠，既然父親想得周到，他也樂得遊手好閒，直到遇到一位姑娘。

"倩，我已經七十歲了，沒幾年好活，如果妳一心一意對我，我不會虧待妳的。"朱郁飛對她說。

人們搞不清楚這對男女是父女關係還是夫妻關係，反正朱郁飛留了遺囑，讓楊小倩每年都能領取朱氏家族基金所發放的紅利。

楊小倩一輩子也沒見過這麼多錢，著實放飛了好一陣子，直到遇到一位年輕小伙子。

"友，我已經七十歲了，沒幾年好活，如果你一心一意對我，我不會虧待你的。"楊小倩對他說。

人們搞不清楚這對男女是母子關係還是夫妻關係，反正楊小倩留了遺囑，讓鍾友友每年都能領取朱氏家族基金所發放的紅利。

這個循環直到今天還持續著，重點不在那些扯不清的男女關係上，而在朱氏家族基金，只要金融體制還健在，它就會源源不斷地錢生錢。理論上，當地球爆炸的前一刻，那位每年固定領取紅利的幸運兒，光靠一年的紅利就足以買下整個曼哈頓島。

（154）

張文哲可說是教科書級別的榜樣，985大學畢業，進入前五百強企業，妻子是大家閨秀，一兒一女都是三好學生，然而這一切在遇到小水之後，開始有了變化。

小水沒有固定的工作，生活習慣也不好，但她像一束光，照亮張文哲原本枯燥無味的世界。

"屋子就不能收拾一下嗎？"張文哲撿起地上差點兒害他摔跤的抱枕說。

"整天想你，哪有心情收拾屋子？"答完，小水抱住他親個不停。

在張文哲的家裏，每樣東西都井然有序，連餐桌上的擺盤方式也很講究，湯一定放在正中央，其餘四道菜分別在四個象限內擺好。可想而知，只有在小水這裏，他才能真正放鬆。

當東窗事發後，張文哲第一次回到家，差點兒以為走錯門了。

"這就是你想要的嗎？"他的老婆指著一片狼藉，滿臉怨恨地說。

"不，不是，這不是我要的。"

"那麼你要的是什麼？"

張文哲如何告訴她，這屋子看似凌亂，實則連位置都被安排得好好的。瞧！每個杯口皆朝下，可移動傢俱全依順時針方向轉45度，連灑在地上的紅豆都按大小排成一列……

"我要的是真正的凌亂，像個正常人一樣，妳懂嗎？"他終於開口。

他的老婆看著他，眼神倒像他不正常似的。

（155）

公司新來了一位員工小張，第一天上班就做了一件"驚世駭俗"的事。

"小張，妳這是去哪裏？"經理擋住她的去路問。

"五點了，我下班。"

"咳、咳、"經理咳嗽兩聲，"妳是新來的，所以不清楚。我告訴妳啊！咱們公司有個傳統，領導沒下班，員工是不能下班的。再告訴妳，我們這幫老員工都是996的信眾，唯有這樣，公司才能茁壯，我們的年底分紅才會豐厚。"

所謂的996就是從早上九點工作至晚上九點，一週工作六天。

"誰在乎這個？"小張答完，堂而皇之地離去。

大家都坐等小張被處罰（甚至被炒魷魚），結果什麼事也沒發生。

第一個效法的是小徐（他已經在這家公司工作十年以上，也996了十多年，早已形如槁木、面如死灰），當小張準時下班時，他也收拾東西回家，沒想到隔天就被人事請去喝茶，在打破一隻茶杯後，小徐再也沒回到公司。

"殺雞警猴"的效果非常顯著，"老員工們"繼續996，但招來的年輕員工可不吃這一套，他們像小張一樣，下班時間一到就走人，人事也拿他們沒辦法，因為合同上明確寫著每天工作八小時，一個月有兩個大週末。

這種差別待遇讓公司瀰漫著一種不和諧，然而即使"委屈求全"，大部分的"老員工們"還是在35歲時被勸退，更新換代的結果，996最終成為歷史。

從此，"英雄出少年"這句話有了不同的解釋。

（156）

說起布圖，他的頭銜可多了，好比房地產協會主席、科協副主席、民間商會會長、某科技大學榮譽博士、中印友好協會理事、扶貧工程愛心大使、聯合國世界和平使者……等，但這些都沒有"登頂珠穆朗瑪峰"來得吸人眼球。

按照登山界公認的說法，新西蘭登山家埃蒙德·希拉里是第一個登上世界第一高峰（珠穆朗瑪峰）的人，但他也只登過一次，哪像布圖，已經登過四次，算上這一次，便是第五次。

像往常一樣，布圖的秘書聯繫了達瓦當嚮導。這位夏爾巴人身強體壯且登山經驗豐富，能讓主子一路上少些顛簸。

"布總，您的直升機已經到了。"秘書畢恭畢敬地說。

"知道了。"布圖把國旗和擁有2400萬像素的數碼攝像機塞進登山包內，"我一登頂，妳就……"

"馬上發佈消息。"

這位秘書跟了布圖多年，兩人的默契極佳，她總能猜到老闆的心思，是個好幫手。

幾個小時之後，直升機成功降落在海拔八千多米處（離最高峰尚有五百米），嚮導達瓦立刻迎上前去。

"你今天 Ok 不 Ok?"布圖問。

達瓦點頭。

於是布圖爬上那人的後背，兩人"一起"登頂。

隔天，布圖第五度登上珠穆朗瑪峰的消息衝上了熱搜。只花了不到一部進口轎車的價錢就成為億萬人矚目的焦點，怎麼算都值！

（157）

  *I*nès原來是時尚雜誌的一名編輯，辭職後與老公回到法國鄉間，把一棟十八世紀的老房子改造成極富古典色彩的溫馨小屋。

她的老公仍做著替人編寫程序的工作，這是家庭的主要收入來源，至於Inès......她忙得很，每天除了照顧四名$3\sim15$歲的孩子及一座玫瑰花園外，她還養了雞、鴨、牛、羊。可喜的是家庭主婦的疲憊樣子從不曾在她的臉上顯現，相反的，每一幀照片上的她都處於極佳狀態，完全看不出已是四十多歲的女人......

"這是公然造假，"Louise邊看電視報導邊洗碗，"但......誰在乎呢？我倒挺想知道女主人的馬甲線是怎麼練出來的？還有，美甲是在哪裏做的？”

（158）

在校園中，歐文第一眼就相中芬妮，她有陶瓷娃娃般的光潔皮膚及一雙大長腿，全身散發出貴族氣質，把歐文迷得神魂顛倒。

上完課，歐文走向芬妮，問她願不願意今晚與他約會？

芬妮不假思索便答應了。

當晚月明風輕，他們先去吃披薩，再去看電影，由於連看兩場，結束時已接近午夜。

“要不要到我的租處喝杯咖啡再走？”歐文問芬妮。

她仍然不假思索便答應了。

當燈光暗下，氣氛剛剛好時，芬妮卻推開歐文，表示她想回宿舍去。

"已經凌晨一點多了，回去的路上不安全。"歐文說。

"我在你這裏更不安全。"

歐文以為她說笑，再次擁抱她。

"我說了不要，你再碰我，小心我告你非禮。"

看芬妮一臉正經，歐文只好放開她，讓她自己回宿舍。

"你不送我回去？"芬妮睜大眼睛問。

"這附近的治安不好，我還想多活幾年。"

此時芬妮猶豫了，於是歐文建議她睡沙發，她無可無不可地接受了。

半夜，芬妮爬上歐文的床，理由是睡沙發不舒服。

"妳不怕出事？"他問。

"不怕，因為你是正人君子。"

隔天，警察在教室內逮捕歐文，因為有人指控他性侵。

即使歐文指天發誓這是水到渠成的事，但仍在他的人生履歷上留下污點（法院最後判他終身離受害人十米遠）。更可氣的是芬妮竟然還接受電視採訪，強調那晚她說了不下十次"不要"，依然被性侵。

有記者向歐文核實，他承認芬妮的確說"No"了，但此No非彼No，而是一種調情。

這樣的解釋其實很薄弱，直到校園內第二位被判終身離芬妮十米遠的男學生出現，人們才開始相信"也許"歐文是無辜的。

（159）

伽羅住在太平洋的某個小島上，對他來說，没什麼事比"天天衝浪"更重要的了。

這一天，伽羅又一貧如洗（本來還有兩個銅板，因為褲袋破了，什麼時候掉的也不清楚），他只好到以前工作過的餐廳去乞求一份工作。由於上回"離職"時不歡而散，前僱主果斷拒絕，讓他尷尬不已。

"嘿！你想吃點兒薯條嗎？"餐廳內的一位女遊客問他。

伽羅已經餓了一天，毫不猶豫便坐下來開吃。

看伽羅胃口好，女人又叫來炸雞、漢堡和奶昔，他以同樣的速度消滅那些高熱量食物。

"你還想吃什麼？"女人問他。

"不了，我吃飽了，謝謝！"

接下來的幾天，伽羅總能在海邊看到那個女人。她很慷慨，總請他吃這喝那的，最後還讓他睡在度假村的席夢思床上。

幾天過後，女遊客問他："要不要和我一起回英國？"

伽羅想了想，没什麼事比"天天衝浪"更重要，於是婉拒了她。

那女人離開時很依依不捨，伽羅對她說："歡迎隨時回來找我。"

送走了女遊客，伽羅逗留在機場內。

"嘿！你等多久了？"一位日本女人向他走來。

"没多久。"

他越不當一回事，女人越內疚，頻頻為班機延誤而向他道歉。

“沒事，看到妳平安抵達就好。走吧！也許還來得及看落日。”

當北半球的冬風吹起，代表伽羅的工作日來到，靠著“女人們”的輪番接濟，伽羅每天吃香喝辣的，偶爾還能收到為數頗豐的零花錢。

“等夏天一到，我就能專心衝浪了。”他為自己打氣。

伽羅住在太平洋的某個小島上，對他來說，沒什麼事比“天天衝浪”更重要的了。

（160）

尤珍妮為了融入上流社會，從小接受相關的訓練和熏陶，不僅學會騎馬及跳宮廷舞，還懂得餐桌禮儀，也會正確使用這個階層的說話方式（譬如晚餐稱 supper，不叫 dinner），閒暇時就聽聽歌劇或觀看芭蕾舞演出……

然而這麼"從裏到外"的淨化，仍有不足之處，那就是她怎麼也學不來倫敦口音（和百年貴族比，沒有倫敦口音的暴發戶顯然遜色很多）。

思前想後，尤珍妮決定上整形醫院把舌頭增肥一點兒。

手術很成功，現在她說起話來，嘴裏彷彿含著一粒小球。

這一天，母親心急火燎地把她召回國，因為八星集團總裁的長公子正在尋找結婚對象。

"聽著，這個人有才有貌，是城中的鑽石單身漢，妳一定要好好把握住。"她的母親耳提面命。

然而吃過氛圍相當融洽的相親飯後便沒了下文，尤媽一打聽才知道男方介意女方咬字不清楚，懷疑她的發音器官有問題……

"那是上流社會的口音呀！"尤珍妮欲哭無淚地辯駁著。

（161）

當 John和 Cathy熱戀時，他將女友的名字紋在屁股上，但當戀情告吹時就難堪了。

"没事，我幫你遮掩一下就好。"刺青師傅說。

後來 Cathy成了 Cat（貓），後面的兩個英文字母被一張可愛的貓臉給遮蓋住。

某天，當 John和新女友巫山雲雨時，赫然發現她的屁股上紋著一個英文單詞 Car（車），後面跟著一輛粉紅色轎車。

"媽的，我竟然成了接盤俠，Cary的那輛粉紅色本田車，化成灰我都認得。"John很不是滋味地想著。

（162）

瓊斯一家住在一棟百年小木屋裏，瓊斯太太每天開著Ｎ手車送孩子們上學，即使鄰近就有一所赫赫有名的私校，他們依舊捨近求遠，把孩子們送去讀公立學校，除了簿本費之外，沒有其他開支。

貝克一家也住在一棟百年小木屋裏，貝克太太也每天開著Ｎ手車送孩子們上學，即使鄰近就有一所免費的公立學校，他們依舊捨近求遠，把孩子們送去讀學費昂貴的私校，除了簿本費之外，還有為數不少的其他開支，幾乎要壓垮這個工薪家庭。

百年後，老瓊斯給每個孩子都留下遺產；老貝克不一樣，為了栽培三個孩子，早掏空了家底，不僅晚年生活捉襟見肘，身後也没能留下什麼。

"我父母真好！"老瓊斯的孩子們想著。

"我父母真辛苦！"老貝克的孩子們想著。

（163）

聽說學校附近開了一家國際象棋俱樂部，沈爸爸立馬把沈小龍送過去學習。在等待課程結束的時間裏，他邊看牆上的教員簡介邊迷茫，如果戰跡曾經如此輝煌的人最終也不過是一名教員而已，那麼學習的目的何在？

課程結束後，沈爸爸找了個機會詢問。

"這没什麼好奇怪的，花滑冠軍最後不也是當教練？問題是你希望孩子通過學習得到什麼？"

"我希望他功成名就、名利雙收。"

"嗯……"教員思考了一下，"理想是很豐滿，但也不是完全不可能，這個機率和買彩票中大獎差不多。"

沈爸爸挺不高興聽到這個回答，他相信他的孩子絕對能功成名就、名利雙收。

幾十年過去後，沈小龍成了芸芸眾生裏的一員，倒是沈爸爸買彩票中過幾次小獎，數額加起來可以吃上好幾頓大餐呢！

（164）

Clara想把鄉村小屋賣了，仲介建議她不妨以抽獎的方式賣出，一張票賣五歐元，只要賣出五萬張，扣除其他費用，實際收入和她的心理價位相差無幾。

好是好，但她想用徵文（一篇文章五歐元）的方式取代了無新意的抽獎活動。

徵文截止後，Clara總共收到近十萬篇文章，全是對鄉村生活的嚮往。

"房子找到新主人了，恭喜！妳比上一任屋主多待了半年。"仲介說。

"是嗎？那次徵文，她收到幾篇？"

"七萬多篇。"

“看來對鄉村生活充滿期待的人還真不
少。”

“誰說不是？”

這次賣房所得比預期高出一倍，也算是
田園生活幻滅之後唯一讓 Clara 感到慶
幸的地方。

（165）

土溝村是貧困縣裏的貧困村，家庭平均年收入還達不到兩萬元，老師的收入尤其低，一個月不過幾百元而已。

這一天，扶貧的文具送到，由於來自全國人民的樂捐，東西多且雜，有筆盒、鉛筆、畫筆、圓珠筆、橡皮擦、筆削、尺類、圓規、書套、文件夾……等，而最令人心動的莫過於兩台舊式電腦。

毫無疑問，電腦歸學校使用，剩下的便獎勵學生，時間就定在期中考試成績公佈之日。

然而沒等成績公佈，學校便遭小偷，所有文具一夜之間消失，偏偏不包括比較昂貴的電腦。

校長心知肚明，小偷肯定是校內孩子，這個不難查，只要把頒獎之日延後，很快便能發現誰使用了"新"文具。

接下來的幾天，校長查堂查得很勤，但沒發現學生有任何異樣，倒是……

"哎呀！獎勵怎能忘了老師？他們連批改作業的紅筆也得自掏腰包購買呀！"校長很是懊惱。

（166）

2oɪo年夏天，鄭凱和友人到內蒙古一遊，意外在草原上看到狼群正圍攻一隻馴鹿，情況非常危急。他和朋友不假思索就拿出空氣槍對付惡狼，最終挽救了馴鹿的性命。

回家後，鄭凱迫不及待想把這件事告訴女兒，可是女兒的手中正拿著一本童書，等待她的睡前故事。

"那麼我先唸故事給妳聽，唸完後再告訴妳一件發生在大草原上的事，可精彩了！"他對女兒說。

童書的書名叫《哇哇狼和噗噗狼》，內容描述兩隻狼在山上偶遇，並且發展出一段珍貴友誼的故事。

「好可愛的狼啊！爸爸，你能不能給我買一隻？」女兒問鄭凱。

「恐怕不行，狼是國家保護動物，私人不能圈養。」

「好可惜！」女兒嘟著嘴，「對了，大草原上發生了什麼事？」

「呃⋯⋯發生了什麼事？我想想⋯⋯噢！我和妳蔣叔叔在草原上看到⋯⋯看到狼群在圍⋯⋯圍著圈圈跳舞。」

「真的？哈哈！我就說狼很可愛。」

從此，鄭凱不再介入大自然的生存法則之中。

（167）

洪菲抵達麗江後才發現多了一個人出遊。

"容我介紹一下，這是彭加惠，我新認識的朋友。" 她的閨蜜關晴對她說。

"彭加惠？這個名字聽起來很耳熟。"

"哈哈！没錯，她是有名的作家。"

洪菲隱約記得文壇上有這麼一號人物，既然是作家（而且還是個有名的作家），當然不能怠慢，於是一路上洪菲和關晴對彭加惠愛護有加，到了以她的意見為意見的地步。

可是等三天的假期一結束，洪菲馬上向閨蜜發火，因為這位作家實在太難相處了。

"對不起啦！我也不知道她是這樣的人，下不為例。"關晴答。

幾個月過去後，洪菲在一個偶然的情況下讀到彭加惠寫的遊記，不免心生疑問，莫非彭作家五一假期去了兩趟麗江？這說不過去呀！那麼同行的京城名媛是誰？上市公司的總裁助理又是誰？還有，除了去過的景點勉強對得上，其他都很陌生，好比他們三人住的是一般的民宿而非五星級酒店；吃的是人均一百多元的地方特色菜，而非龍蝦、鮑魚、黑山羊肉、野生菌火鍋......等。

然而這些都還不足以讓洪菲添堵，真正讓她五爪撓心的是文中的名媛是嬌小玲瓏型，而上市公司的總裁助理卻是虎背熊腰。

"切，怎麼也得讓我當名媛才是。"洪菲心想。

（168）

帕善先生的雜貨店是附近人家的補給站，臨時缺點兒什麼，上他家準沒錯。

"這家店什麼都好，就是東西太亂了。"巷口的櫻桃姐說。

"沒錯，若不是老鄰居了，還是上便利店舒心些。"巷尾的蓮花妹答。

正因為這些談話，讓帕善先生有了改造店舖的想法。

當改造完畢，帕善先生激動不已，他握住設計師的手，久久無法言語。

然而錢花了，店舖的生意卻沒有明顯的變化，讓帕善先生百思不得其解。

132

“這家店什麼都好，就是東西太整齊了，不像雜貨店。”巷口的豆漿哥說。

“沒錯，若不是老鄰居了，還是上便利店舒心些。”巷尾的輪胎叔答。

當聽到這些談話，帕善先生連吞好幾粒救心丸才緩過氣來。

（169）

張師傅的私房是五零年代建造的，住進了一家三代11口人，後來雖然陸續有人遷出，但54平米的居住空間仍顯侷促。

思前想後，張師傅決定花錢改造，畢竟手裏的錢不足以換上更大面積的商品房。

很快，一位姓劉的設計師上門，他把能運用上的空間全善加利用，讓人眼前為之一亮。

然而"新"房子所帶來的喜悅並沒有支撐太久，過了"蜜月期"之後，逢吃飯、睡覺就得挪這挪那的問題漸漸難以忍受。考慮再三，張師傅決定不再自找麻煩，將飯桌和睡床全固定起來，再把窗台上的綠植一一搬空，換上老式曬衣竿（烘衣機太耗電了，當收到賬單時，張師傅氣得差點兒吐出一口鮮血來）。

經過"自行改造"後，張師傅的住房跟以前已經沒多大區別（尤其舊傢俱又回籠，瞬間像回到從前）。

若要說這次改造有什麼值得慶幸的事，那就是原先放在屋內的青瓷花瓶被設計師給買走了，他說這花瓶的顏色不好，破壞了整個屋子的設計風格。

張師傅老早想把花瓶扔了，現在有人代勞還給兩千塊錢，這不挺幸運的？

沒多久，劉設計師悄咪咪地離開公司，改當古董商去了。張師傅聽說後頻頻點頭，就這水平，還真不適合當設計師。

（170）

小李在郊區買了棟別墅，趁著週末，他邀請同事到新房做客。與他關係最鐵的小軍由於家鄉的父母來訪，所以未能成行。

當週一來到，從其他同事口中，小軍得知小李在別墅內和小趙槓上，兩人吵得不可開交，原因在於小趙批評別墅哪哪都不好（譬如得房率低、靠海濕氣重、四周配套沒跟上等）。小李怎能吞得下這口氣？於是嘲笑小趙沒本事，到現在連個十平米的房子都買不起。

有了前車之鑑，當小李單獨邀請小軍到海邊別墅時，他格外小心應對。

． ． ．

“這房屋的設計好特別，一看就很寬敞。”

“每天聽著海濤入眠，多愜意啊！”

“四周車少人少，心自然容易平靜下來，這是千金難買的體驗。”

……

小李没接話，樂呵呵地請小軍入座，桌上已經有備好的五糧液和下酒小菜。

幾杯下肚後，小李對小軍說：“實話告訴你，我挺後悔買這屋，不僅得房率低，濕氣還重，四周配套也没跟上。切，我這是腦子被驢踢了，簡直愚蠢至極！”

醜聞爆發前，楊立爍是地方上的大善人，細數做過的好事，那是數不勝數，包括救助流浪狗、為失足少女提供就業機會、資助大學生創業⋯⋯等。

醜聞爆發後，楊立爍成了過街老鼠，細數做過的壞事，那是數不勝數，包括把流浪狗賣給狗肉店、將失足少女再度推入火坑、忽悠創業心切的大學生背上高利貸⋯⋯等。

這麼罄竹難書的人，親戚朋友早躲得遠遠的，只有柯希文不一樣，每個月都會去探望服刑中的楊立爍。

" 姓楊的人面獸心，也只有你還把他當成好人。"柯希文的朋友對他說。

" 我知道楊叔叔做錯了事，但若不是他，當年孤苦無依的我早餓死了。實話告訴你，在我的世界裏，他就是個好人，甭管他的錢是怎麼來的。"柯希文答 。

（172）

徐海星夫婦在公園附近開了一家咖啡店，眼看生意越來越好，光他和太太兩人已不足以應付，於是萌生僱用學徒的念頭，廣告就貼在店門口，內容如下：徵學徒數名，五年內不給薪水、不包食宿，純學手藝和經營，有意者內洽。

這一天，店內顧客問起可有人上門應徵？

"沒有。"徐海星嘆了一口氣，"自從貼了廣告之後，不但無人應徵，生意也大不如前。"

"我說了你可別生氣，換作是我，我也不會上門應徵，這是赤裸裸的奴役呀！

140

學個手藝不過幾千塊錢的事，何需賣身五年？"

徐海星表示這不一樣，除了手藝，學徒還學到怎麼進貨、怎麼議價、怎麼經營店面，會少走很多彎路。

"你的意思是你花五年的時間去培養一個競爭對手？"

"也……也不是啦！學徒將來若離職，絕不能在長江以南開店，這個得寫進合同裏。"

聽罷，客人起身，答："現在我知道為什麼在最繁忙的時段裏，你的店內依舊如此冷清。"

"對呀！為什麼？"徐海星朝著那人的背影喊，"喂！別走，你還沒給答案呢！"

（173）

兩隻駝鹿狹路相逢，互看對方不順眼。白的那隻先發動攻擊，黑的那隻小心應戰，幾個回合之後，黑駝鹿敗下陣來。

正當白駝鹿洋洋得意之時，没多久便發現大問題（兩隻鹿的角緊緊卡在一起了）。

白駝鹿試了又試，依然無法擺脫，只能帶著黑駝鹿的屍體前行。當看到不遠處有一頭獅子正虎視眈眈地望著自己時，白駝鹿知道這次在劫難逃了。

（174）

林豐毅被公司派到某個赤道國家管理工廠，上任沒幾天，他就辭退近一半的員工，已經在廠子裏工作數年的華裔組長不得不向他提出諍言。

"你說的當地人習性，我不採信。這些工人無非懶，我經常見幾個人盯著一個人做事，既然這樣，那就留下能做事的那一位。" 林廠長答。

幾個月之後，這位新任廠長把辭退的員工一一給請了回來。

有人問林豐毅為什麼改主意？他答："這些人是真懶，但該死的天氣也助長了惰性。不跟你說了，我得去睡個午覺，也許下班前，我還能工作個兩小時。"

（175）

由於盜文猖獗，到了西元2044年，這個世界已經不再有故事可讀，人們無不怨聲載道。久而久之，這種怨氣成了詛咒，首當其衝的是盜文網站的經營者及其員工，他們有的橫死街頭；有的身首異處；有的絕子絕孫，沒有一個逃得過……

當子凱敲下最後一個字，並且上傳至某個正規文學網站時，不到十分鐘，盜文網站已經可以全文閱讀，一字不漏。

（176）

簡小新是澳大利亞籍華人，同時也是個超級足球迷，盡可能地次次到場觀戰。

當澳大利亞隊跟韓國隊比賽時，他替澳大利亞隊加油；當中國隊跟韓國隊比賽時，他替中國隊加油；但當澳大利亞隊跟中國隊比賽時……他替裁判加油，裁判判誰贏就贏，當考驗忠誠度時，他向來服膺"勝者為王"。

  B杜是一位專門寫異國戀情小說的作家，雖然曾激起一點兒水花，但也就那樣，沒真正大火過。

有一天，論壇上有人提起她的作品，總結的結果是看看可以，真要說有什麼，倒也沒有……

"可是自從買了她的書之後，我發現自己的異性緣特別好。"網名《就想遇見你》說。

"我也是，買了書之後，暗戀的男生突然覺得我很可愛，並且開始與我約會。"

"要不是你們提起，我還真不好意思開口。是的，這是真的，買了書之後，連公狗都愛往我身上蹭，不由得你不信。"

......

文學論壇剎那間成了"傳銷"現場，平台管理員不得不出面制止。然而禁得了東禁不了西，這一個個小火種經風一吹，很快便星火燎原，B杜大火了！她的書成了愛情路上的吉祥物，印刷的速度根本趕不上銷售，黃牛坐地起價的場景比比皆是。

針對此反常現象，記者詢問 B杜做何感想 ？

"反常嗎？我倒覺得挺正常的，誰不想受異性歡迎？別看我已經五十好幾了，到現在還被很多年輕小伙子追求呢！"

B杜一答完，那位已有魚尾紋的女記者立刻追問："告訴我，如何能快速買到您的書？"

（178）

秦奕珊在學校附近租了個開間，八月份時，隔壁搬來一位長臉阿姨，第二天就來敲門。

"走廊是公共區域，請把鞋櫃搬進屋內。"長臉阿姨說。

開間只有二十平米大，如果再塞進鞋櫃，簡直寸步難行。

"有什麼事跟物業說去。"秦奕珊冷冷地答。

結果物業來敲門時，她硬是不開，打算就這麼拖過去。當然，和長臉阿姨的"友誼"也算徹底崩了。

九月份一開學，秦奕珊興沖沖趕去學校，當新任老師走上講台時，秦奕珊再也笑不出來。

回到出租屋，秦奕珊做的第一件事便是將鞋櫃搬進屋內，接著把屋外走廊仔細打掃一遍，直到確認一塵不染為止。

講到狼群裏脾氣最暴躁、心機最重、狼品最差的莫過於狼十一，可是它是狼王最器重的，大家只能把怨氣往肚裏吞，時不時還得對它鞠躬哈腰，以防惹禍上身。

講到狼群裏脾氣最溫順、最沒心機、狼品最好的莫過於狼十二，可是它是狼王最不待見的，大家當然也不當它一回事，時不時還欺負它兩下，好彰顯自己在團體中的地位。

狼十一死去時，它的子孫哭得呼天喊地，狼群夾道送行的畫面很是震撼狼心；狼十二死去時，它的子孫草草挖個坑將它埋了，對於毫無存在感的狼而言，這已是最好的結局。

（180）

喬阿姨在跳廣場舞時認識了老蕭，兩人越看越對眼，時不時約著出去玩，日子過得很滋潤。

某天，老蕭問她要不要領證？

"領什麼證？" 喬阿姨心有戒備地問。

"當然是結婚證。"

喬阿姨和老蕭都有過婚姻，不同的是，老蕭急於找法律上認可的伴侶，喬阿姨卻只想找個玩伴，兩人一言不合，從此形同陌路。

幾年後，老蕭中風了，聽說他的"新婚"妻子苦不堪言。當消息傳來時，喬阿姨正在廣場上舞得不亦樂乎。

網上媽媽群裏有人提起經濟學家汪榆的兒子考上清華大學了。

"真棒！再次證明虎父無犬子。"

"怎麼別人家的孩子就這麼厲害？"

"我兒子若能考上985，即使不是清華北大，我也心滿意足了。"

......

這個話題無疑替媽媽們打了雞血，大家互勉及交換情報，希望自家的孩子很快也能鯉魚躍龍門。

隔年，當高考成績出來後，簡媽媽第一
個上傳捷報，總分68○分，如無意外，
上清北肯定沒問題。

" 聽說今年的考題偏簡單，這個分數
有點兒玄啊！"

" 我認識一個媽媽，他兒子考712分。"

" 其實清華北大也沒多好，有本事就上
哈佛，那才是真正的牛校。"

" 我兒子今年考差了，不過沒關係，復
讀一年也是可以的，先上車不一定先到
站 。"

......

簡媽媽氣壞了，立即退群。

（182）

亞伯認識阿黛爾時，她還没這麽胖，交往半年後，阿黛爾的體重直線上升，已經逼近300斤。

"我太胖了，應該減減肥。"阿黛爾說。

"不胖，我喜歡妳這個樣子。"

有了"尚方寶劍"，阿黛爾放開了吃，身材也像鼓了氣的氣球，目測應該有600斤。

"阿黛爾需要做縮胃手術，否則性命難保。"醫生對亞伯說。

當阿黛爾被推進手術室時，亞伯哭得上氣不接下氣，醫生安慰他不會有事的。

果然手術很成功，再經過幾個月的調養，阿黛爾已經減掉一半的自己，可是亞伯卻開心不起來，總擔心變瘦後的阿黛爾會離他而去。

"親愛的，我吃就是，你別胡思亂想。"阿黛爾說。

縮胃手術最忌術後暴飲暴食，没多久阿黛爾便命喪黃泉。

葬禮上，亞伯認識了安拉，那時她還没這麼胖，交往半年後，安拉的體重直線上升，已經逼近300斤……

查克來自偏遠山區的阿吉村，因為長期吃不飽、穿不暖，索性在家鄉成立游擊隊。他一號召，八方響應，勢力越來越大，最終推翻國王，成了哈馬一世。

成為國王的查克衣錦還鄉，鄉親們夾道歡迎，同時準備好酒好菜招待。席間，他們毫不避諱地和"國王"稱兄道弟，時不時喚他的小名（像是傻柱、二楞子、狗蛋、馬大哈……等），還把他曾做過的糗事一一拿出來取笑。

查克不動聲色地回到首都，第一件事便是下令屠村，連老人和小孩都不放過，阿吉村從此成了鬼村。

２０53年，某國。

輸送帶上有大大小小的包裹，依順序滾入各自區域。金博士按下按鈕，十幾架無人機同時飛來，撿起自己區域內的包裹，送向全國各地。

這是金博士每天的工作，偶有突發狀況（譬如包裹破損或者無人機沒電了），也不是什麼大問題，三兩下就解決了。

回到家，吃過飯的金博士開始上網課，授課的是博士後１１級。

本來博士是學歷上的最高級別，後來人數太多了，不得不一層層往上加，現在想在大學內覓得教職，起碼得博士後１１級。

學術界內捲得如此厲害，常讓金博士感慨，想當初若學得一門手藝，現在就不用如此辛苦了，可惜世上沒有後悔藥可吃。

"嘟……嘟嘟嘟……"手機響了。

"喂！"

"這裏是欣欣髮廊，您預約的美髮師臨時決定去度假，所以日期安排在三週後，您看行嗎？"

雖然也有機器人剪髮服務，但總缺少點兒什麼，所以金博士特別預約了人工剪髮，比機器人的收費高出三倍不止。

"你們除了收費貴、難預約、動不動就延期外，還剩下什麼？"金博士火冒三丈地問。

"對不起，您說話太快，機器人小欣無法分辨，請重新留言。"

"我說……"

"對不起，您未及時確認，現在日期安排到四週後，您看行嗎？"

"行行行，趕緊排上。"

為了洩憤，多說了兩句，結果日期又往
後延一個禮拜，這下子金博士懊惱極了
。

（185）

當夜幕降臨，司馬元在粉紅色襯衫上繫了一個灰領結，然後上街去。途中經過好幾家快餐店，他皆視若無睹，最後走進一家人聲鼎沸的酒吧，要了啤酒和炸魚薯條。

鄰座的金髮美女和他聊了幾句，他問她想喝什麼？

“Brandewijn.”她答。

於是司馬元向調酒師要了白蘭地。

後來又陸續加入三位女郎，司馬元很慷慨，一一為她們叫酒，還請吃東西。

結賬時，司馬元給了很好的小費，服務員殷勤地送他到店門口。

回到出租屋，司馬元立即把襯衫洗了晾上，再把領結端端正正地擺進盒子裏。

靠著"一個月富一次"，在荷蘭打黑工的司馬元熬過了無數個捉襟見肘的日子。反觀一起跳船的伙伴就沒那麼幸運了，一個自殺身亡，另一個在崩潰的路上……

錘子國的父母相互比拼，"雞娃"（指家長不斷給孩子"打雞血"，讓他們學習各項技能）的情況越演越烈，為了扼止此不良現象，國家出台新政策：12歲以下兒童每天花在課外輔導班及興趣班的時間不得超過兩小時，有違者，家庭罰款五千元整。

這個政策無疑隔靴搔癢，完全沒啟到作用，於是錘子國祭出第二個政策：孩子對父母無贍養之義務。

從此，"雞娃"走入歷史。

（187）

小芳帶傷上班，同事們很關心地問東問西，當得知是被一個路怒症患者給打傷時，無不群情激憤。

"告他，讓他蹲大牢！"會計室的老溫說。

過了幾天，小語帶傷上班，同事們很關心地問東問西，當得知是被男友給打傷時，無不群情激憤。

"渣男！還沒娶進門就敢這樣對妳，這人絕對不能嫁！"收發室的尤大姐說。

再過幾天，小鳳帶傷上班，同事們很關心地問東問西，當得知是被老公給打傷時，大家……沈默了。

163

（１８８）

歡喜國的年輕人一點兒也不歡喜，因為房價和房租都太高了，導致生活質量下降，哪敢娶妻生子？

為了讓年輕一代都能擁有一個專屬的窩（好娶妻生子），歡喜國決定從源頭抓起，由國家給出指導價，若不按指導價賣房，不讓過戶。

房價果然應聲腰斬，這應該是年輕人所樂見的，記者藉機採訪剛搬入新家的小余。

"恭喜你買到心儀的房子，花了多少錢買的？"記者問。

"三百萬。"

“這個城市，這個地點，算便宜的了。”

“是的，和新政出台前比，算是打了六折。”

“真得感謝國家的良控，否則年輕人何時能買上房？”

小余苦笑，不置一語。

臨走前，記者發現茶几上有一套很雅緻的茶具，隨口問小余哪裏買的？

“是原屋主的，花了我兩百萬元，不能貸款，得一次性付清。”他答。

（189）

老楊要醫生拔管，小楊堅決不讓。

"你父親是慢性阻塞性肺病，人很虛弱，意識漸漸喪失中，拔管未嘗不是一種解脫。"醫生對小楊說。

"不，繼續插管。"

從父親入院到現在已經過去兩年，家庭經濟狀況也從小康變成舉債度日，如今已到了最後階段，小楊想著怎麼也得堅持住。

又拖了幾個月，老楊才撒手人寰。

166

葬禮上，小楊哭得撕心裂肺。鄉親們無不動容，這年頭像他這樣的孝子已經不多見了。

（190）

寰宇小姐選美大賽終於落幕，前三甲分別來自八卦國、美麗國和紅日國。

當八卦國小姐戴上第一名的后冠時，激動得無法言語。

"抗議！明明紅日國小姐比較漂亮。"蔣明莉憤恨不平地說。

隔天，有路人攔下蔣明莉，問："妳可是參加寰宇小姐選美的紅日國小姐？"

"當然不是，"蔣明莉笑了，"紅日國小姐應該不會說普通話吧？！"

路人想想也對，道歉後離去。

據蔣明莉的主刀醫生說，她做的Ａ套餐全球限量五千名，還好，否則日後"撞臉"的機會多了去。

（191）

了挽救自己的企業，李明哲不惜向江海濤下跪。

"求你了，看在多年朋友的份上，請幫幫我！"語罷，李明哲猛磕頭。

"別別別，不知道的還以為我作古了呢！"

"對不起，我不是這個意思，我……"

"得得得，我了解你的來意，這樣吧！看在認識多年的份上，我介紹個金主給你。"

這位林姓金主願意借，但年利率高達40％，已經是高利貸了。

李明哲咬咬牙，最後還是借了。

一年後，他果然還不出來。黑道金主一瞪眼，李明哲馬上認慫，把工廠和房屋全賣了，七湊八湊總算還上。

"老闆，錢要回來了。"員工小林對江海濤說。

（192）

即使只是到樓下倒個垃圾，月華也要精心打扮一番，就為了萬一和前男友遇上了，能讓對方後悔莫及。

這一天，月華頭痛欲裂，幾番天人交戰後，決定還是去看醫生。這是打從和子漢分手以來，她第一次沒化妝就出門，想著不會那麼湊巧，偏偏人算不如天算。

“月華，好久不見，妳好嗎？”子漢說。

看著昔日男友容光煥發，自己卻是一副病懨懨的樣子，月華氣壞了，怎麼運氣就這麼背？

“不好，很不好，會來醫院的人怎麼可能會好？”她没好氣地答。

“妳掛哪科？”

“呼吸內科。”

結果子漢陪她看醫生，又趕著去付費和取藥，殷勤地像個真正的男友，讓月華又燃起了希望。

“謝謝！”月華收下藥袋，“忘了問你為什麼來醫院？”

“我來陪產，正想回家取東西，結果遇見妳了。”

月華一聽來氣，結婚了還跟她搞曖昧，看來當初分手是對的。

“祝你生的孩子有屁眼。”月華激他一句。

“我……”子漢欲言又止，最後還是說了，“我陪嫂子來醫院生產。謝謝妳讓我更了解妳的為人，看來當初分手是對的。”

現在的月華即使上班也不施粉黛、不抹胭脂，就為了萬一和前男友遇上了，能讓對方心生憐憫，也許……也許還能再續前緣。

（193）

"根據愛因斯坦的廣義相對論，人類生存的三維空間加上時間軸即構成四維空間。然而美國哈佛大學教授麗莎·藍道爾卻大膽假設地球上還存在著第五度空間，只是人們看不見而已。"台上的汪講師侃侃而談。

阮靖夫輕蔑一笑，講師問他笑什麼？

"這還需要哈佛大學教授來假設？地球上本來就存在第五度空間。"他答。

"噢！是嗎？說來聽聽。"

"夢便是，有長度、寬度、高度和時間。"

"即便是，那也只是四維而已。"

“有一次，我做夢夢到宿舍起火了，任憑我怎麼呼喊，同寢室的人完全聽不見，依舊呼呼大睡，我這不是落入第五度空間了嗎？”

汪講師聽完愣了一下，才說：“你的觀點挺有意思的。”

隔年，汪講師發表《夢境—第五度空間》理論，震驚物理界。

“這算不算剽竊？”阮靖夫心想。

（194）

即使養老院遍地開花，付老太太還是選擇在家裏養老。

"我有一兒一女，兒子是法醫，女兒是警察，我還有個侄子當法官。"付老太太在阿姨上門的第一天就交待了。

往後的日子裏，付老太太的兒子、女兒和侄子經常出現在對話中。

"我兒子是法醫，但凡非正常死亡，絕逃不過他的法眼。"

"我女兒是警察，專門抓壞人。"

"上禮拜，我侄子成功讓一名虐待老人的人入獄三年。"

……

付老太太偏的阿姨已有多年的工作經驗，知道人老了免不了嘴碎，早見怪不怪。

這一天，阿姨準備完午餐就出去購物，回來時發現老人癱坐在椅子上，臉色發青，看樣子像是有異物卡在喉嚨裏。

阿姨馬上撥打120並施予急救，但仍回天乏術。

"糟糕！老太太的家人都是重量級人物，這下子我有大麻煩了。"阿姨的內心忐忑不安。

過了幾天，一個脖子上掛著工作證的人員找上門來，說："付老太太是獨居老人，直系親屬没了，旁系親屬也都不來往，現在她的身後事交由街道辦事處來處理。我來此是通知妳搬離，這是公函，請查收。"

菲比6歲時就認識凱文，他是她的玩伴，也是家裏的常客。

"菲比，妳剛剛在和誰說話？"父親問她。

"凱文，他的汽車跑得比我的快。"

"凱文？男的？"

菲比知道父親為什麼這麼問，凱文留著齊肩長髮，看起來像個女的。

"頭髮是長了些，但他是個男孩。"

母親接著問凱文多大了？

"嘿！你多大了？"菲比問坐在身旁的凱文。

"我六歲，和妳同齡。"凱文答。

知道和女兒一起玩耍的男孩只有六歲，菲比的父母鬆了一口氣。

幾年過去後，見兩個孩子仍玩在一起，這對夫妻才心生警惕，忙把女兒送到心理醫生那裏去。

"菲比，妳幾歲了？"醫生問。

"12歲。"

"凱文呢？"

"也是12。"

"他看起來像12歲嗎？"

菲比轉頭看坐在角落玩火柴盒汽車的凱文，他沒長高，臉上還帶著稚氣，而她已經開始長青春痘了。

"看起來不像，我也挺納悶的。"菲比答。

醫生說："他這麼久沒回家，也許挺想的，妳何不問問？"

於是菲比問凱文想不想回家？

"告訴醫生，我想回家。"凱文答。

知道凱文想回家後，醫生在診療室裏辦了一個很隆重的回家儀式。

"他走了嗎？"醫生問菲比。

"走了，可是表情看起來很驚恐。"

醫生聽完哈哈大笑。

菲比回家後沒多久，父母便發現有事不對勁，怎麼孩子老往外跑？某天，他們跟踪女兒來到心理醫生的診療室。從窗口，他們看見菲比坐在地上，正和心理醫生玩小汽車……

〈196〉

任傑怎麼也不肯相信自己是被人販子拐賣的，世界一下子垮了。

"傑兒，這些年我們是怎麼待你的，你心知肚明。如果想回親生父母那裏，儘管去，我們没權攔你。"任傑的"養母"一把鼻涕一把淚地說。

"妳看看妳，又給孩子壓力了，我相信傑兒會做出明智的選擇。"

"養父"話中有話，給了任傑更大的壓力。顯然，明智的選擇就是繼續留在任家，而非親生父母那裏，他和他們没有感情，只剩血緣關係。

果然，當親生父母抱著他痛哭流涕時，任傑像個木頭人似的，直到生父手腕上的勞力士錶不小心觸碰到他，他才有了感覺。

"也許明智的選擇是回到原生家庭，感情可以日後培養。"任傑想著。

（197）

Madhavan帶著全村人的希望走上征途，他的任務是遊說鄉長撥款，連續乾旱，村裏人已經開始抓老鼠吃了。

鄉長沒同意， Madhavan不氣餒，繼續往上碰運氣，在見過縣長、區長、市長、省長，皆以失敗告終後， Madhavan無奈打電話給村長，說：" 爸，求人不如求己，還是……"

" 不，不行，那是留給你娶妻生子用的，絕對不能碰。"

" 現在不碰，你的烏紗帽很快就會不保。"

考慮再三，村長決定賑災，這下子村裏
人終於可以不再吃老鼠肉，但Madhavan
的未婚妻卻開心不起來，因為自己即將
嫁入的人家財富大縮水，現在只剩五噸
多的翡翠原石及一百多斤冬蟲夏草，連
允諾的蜜月旅行也從一個月縮至十天，
怎麼看都像是一場婚姻詐騙。

（198）

當知道今晚看的是愛情片時，姚偉有"吹冷氣睡覺"的心理準備，沒想到片子拍得還可以，同時為他提供了一個攤牌的機會。

"妳的意思是只要是真愛，即使一開始有欺騙的成份在，也是可以被原諒的？"看完電影，姚偉問女友。

"當然，真愛無敵嘛！"

女友的回答讓姚偉看到了希望，他鼓起勇氣把"真相"說出來。

"你不是開玩笑的吧？！"女友面色鐵青地問。

「不開玩笑，我一直想找個適當的時機告訴妳。」

「你……你怎能這樣？我以為你開藥店，原來只是個送外賣的。」

姚偉不明白，電影裏的男主角不也送外賣？

女友答那不一樣，人家的真實身份是月入十幾萬的金融分析師，外賣員只是個幌子，為了測女主角是不是拜金女。

「也就是說，妳是如假包換的拜金女？」姚偉問。

「不……是……我就是拜金女，我倆不合適。」

知道女友欺騙了自己，姚偉很是失望，他原以為對方愛的是他這個人，而非其他……噢！對了，姚偉不開藥店，也不是外賣員，他的真實身份是"全國十大製藥集團的小開"。

（199）

俞昆買了十幾年的體彩，哪怕幾百元的小獎，一次也没中過。

"老俞，想中獎還得走旁門左道，聽說象山上有棵很邪門的樹，你不妨去拜一拜，興許能夠中獎。"朋友白牙對他說。

俞昆想想也好，於是跟著上山。

"神樹啊！如果我中獎了，一定會安排人為你大跳脫衣舞。"俞昆邊膜拜邊暗笑，自己真是腦洞大開，竟然想得到這個點子。

結果當期他就中了一百元，把白牙給樂的，像是自己中獎了似。

過了兩天，俞昆問白牙：" 象山上的樹真的靈驗嗎？"

" 當然囉！你不是中獎了？"

俞昆欲言又止，最後還是把話吞下。

又過了兩天，俞昆的老婆跌跤，把門牙磕壞了；再過兩天，他的兒子上吐下瀉，連夜被送到醫院吊點滴。

" 哎！看來非兌現不可。" 俞昆說完，面對大樹脫得精光，接著扭動身體，像被蛇附身了。

（200）

白從班主任換成江老師後，劉毅文便跌下神壇，即使加倍努力也換不來老師的笑臉。更甚的是，他一向引以為傲的文筆也被批評得體無完膚，他不知道問題出在哪裏，整天鬱鬱寡歡。

這一天，當他得知考試成績第一次沒入前三甲（主要是被作文分數給拉低）時，他不願再忍，質問江老師為什麼給低分？

"為什麼？這得問你啊！寫的什麼破爛文章？"她答。

血氣方剛的孩子哪裏受得了這種屈辱？他憤而推了老師一把，結果被記大過，

189

索性破碗破摔，學不上了，成天窩在家裏打遊戲……

"江老師，您說毅文的學習之路太過順遂，得給他來點兒挫折教育，我們也全力配合了，怎麼……怎麼最後是這個結局？"劉父問。

"今年我才接下這個班，如果早兩年讓他接受挫折教育，他就不會這麼不堪一擊了。"江老師答。

作者介紹

在異國的背景下加入纏綿悱惻的愛情故事是B杜小說的一大特點，她的文筆清新、筆觸詼諧、畫面感很強，讀完小說有種看完一部愛情偶像劇的感覺，特別適合懷春少女及對愛情有憧憬的女性閱讀。

另外，B杜還創作了馬力歷險記、極短篇故事集等作品，歡迎關注。

ALSO BY B杜

《B杜极短篇故事集（101～200）》
（简体字版）A Word to the Wise (Tales
101～200 in simplified Chinese characters)

《東瀛之愛》Love in Japan

《法蘭西情人》Love in France

《英倫玫瑰》Love in England

《愛在暹羅》Love in Thailand

《情定布拉格》Love in Prague

《獅城情緣》Love in Singapore

《愛上比佛利》Love in Beverly Hills

《新西蘭之戀》Love in New Zealand

《夢回楓葉國》Love in Canada

《早安，歐巴》Love in Korea

《迪拜公主的秘密情人》 Love in Dubai

《情迷摩納哥》 Love in Monaco

《我在蘇黎世等風也等你》Love in Switzerland

《米蘭假期》Love in Milan

《馬力歷險記 1 之地球軸心》The Adventures of Ma Li (1) : The Time Axis

《馬力歷險記 2 之黃金國》 The Adventures of Ma Li (2) : Eldorado

《馬力歷險記 3 之可可島寶藏》 The Adventures of Ma Li (3) : The Treasure of Cocos Island

《B杜極短篇故事集（1～100）》A Word to the Wise (Tales 1～100)

《B杜極短篇故事集（201～300)》A Word to the Wise (Tales 201～300)